DU MÊME AUTEUR

89 mois, Préludes, 2016 ; Le Livre de poche, 2018.

L'AMOUR
DES GRANDS

Caroline Michel

L'AMOUR DES GRANDS

roman

Robert Laffont

ISBN : 978-2-221-25660-2
Dépôt légal : mars 2022
Éditions Robert Laffont – 92, avenue de France, 75013 Paris

Pour la placette et nos années 1990.
Pour Charlotte.

« La vie, c'est plus pétillant que le champagne ! »

Julio Iglesias, « Aimer la vie »

1.

La veille au soir de l'événement, Avril n'avait mangé qu'une Knacki. Je me le rappelle encore, j'ai été sommée de terminer son assiette. Mes parents étaient drôlement étonnés ; d'ordinaire, ma petite sœur avait de l'appétit. Mon père a insisté pour qu'elle avale autre chose, au moins une compote ou un morceau de pain, mais Avril a baissé les yeux. Je revois très bien la scène, son visage d'enfant préoccupé, la toile cirée tachetée de poules et d'œufs, la lumière très jaune dans la cuisine et le ventre rond de ma mère enceinte de six mois.

Ma sœur connaissait la date de son mariage à l'école depuis trois semaines. Il tombait le douze mai. Elle parlait régulièrement du douze mai qu'elle prononçait le *doucemé.* Les mariés avaient été tirés au sort par la maîtresse. Il était question d'une immersion dans les années 1900. Avril n'était pas très à l'aise et nous le confessait souvent. Elle aurait préféré incarner un mineur, une couturière, ou même le boucher du village, comme la plupart de ses camarades. Seulement, elle allait devoir monter dans la calèche avec Nicolas, rencontrer monsieur le maire et prononcer ses vœux. Ma mère avait bien essayé de négocier auprès de la directrice de l'école maternelle mais cette dernière trouvait ça dommage de changer les plans, d'autant que le marié, lui, était très enthousiaste à l'idée d'épouser Avril le *doucemé*.

Le jour venu, tout était prêt. La robe cousue par ma mère, le chapeau, l'alliance en plastique, les petites baskets blanches à scratch, le gâteau au chocolat et enfin Nicolas, le futur époux. Afin de s'en assurer, Avril avait traversé le jardin un peu plus tôt que d'habitude. Elle avait sonné chez les Schneider qui habitaient à vingt mètres de chez nous puis attendu près du portemanteau que Nicolas termine de se préparer. Pendant ce temps-là, le moteur de la Renault 19 de ma mère ronronnait. La chaleur qui émanait de notre vieille bagnole pénétrait à l'intérieur de la maison ; le matin, avant de partir à l'école, nous vivions toujours la porte ouverte.

À quelques secondes de monter dans la voiture, ma sœur s'était agenouillée sur la pelouse encore humide de la nuit et avait inspecté le contenu de son cartable à quatre reprises. Une fois en route, et assise à l'arrière, elle le tenait fermement sur ses genoux pour ne pas qu'il glisse ou pour ne pas glisser. Le trajet pour les écoles n'était pourtant qu'une vaste ligne droite. Engagés sur l'artère principale, nous traversions tout le village.

La tête tournée vers l'extérieur, ses dents de lait déposées sur la lèvre inférieure, Avril observait les clôtures, les maisons, la supérette, la station d'essence. Elle vivait quelque chose de trop compliqué pour elle, je le voyais bien. J'étais installée à ses côtés et je la surveillais, comme je le faisais à la neige, à vélo, dans la rue. Toujours, je vérifiais sa présence, son carré blond et court relevé d'un bandeau. J'avais peur qu'on me la vole. Elle était si petite.

Nicolas, lui, avait les paupières mi-closes. Tandis que ses bras enlaçaient son haut-de-forme, il se laissait bercer. Il sentait le biscuit et le lait. Nous les avons déposés à l'école en premier et confiés à la maîtresse qui portait un cache-corset en dentelle et de gracieux gants en daim. J'ai compris qu'on ne plaisantait pas avec le *doucemé*, si bien que la boule au ventre de ma sœur est venue se loger dans le mien.

Elle est entrée dans la classe sans un bruit, la moue boudeuse et le regard anxieux. L'aide-maternelle l'a accueillie. Je n'ai pas pu assister au mariage, j'avais six ans et sans doute des choses importantes à faire ce jour-là.

De cette journée sont restées une liasse de documents fictifs et une photo d'Avril et de Nicolas, toujours accrochée dans les W.-C. de la maison familiale. Sur ce cliché, ils ont sept ans à eux deux. On y voit deux bonnes bouilles un peu rougies par la fête et le jus d'orange, deux mains timides forcées de se tenir et un bouquet de jonquilles. Ils sont postés sur le perron de la mairie, le peuple en second plan. Longtemps, ma sœur a eu honte de cette photo, de ses mollets dodus d'enfant et de son air hagard. Chaque fois qu'elle sortait des toilettes, elle pestait.

Un jour, elle a arrêté d'en parler, parce qu'un jour, elle est vraiment tombée amoureuse de Nicolas.

2.

Je ne me suis pas lavé les dents depuis quoi, sept heures. J'ai dans la bouche un goût de sandwich et de café noir. Ma langue roule contre mes gencives et des restes de mie. J'esquisse un sourire coincé, fermé, poli, qui signifie que moi aussi je suis ravie de te voir, Monique, même si je ne sais pas quoi te dire. J'ai un problème avec les cousines éloignées, les tantes par alliance, les sœurs de la tatie de la grand-mère, tous ces gens qui me connaissent et que je ne connais pas vraiment, qui sont toujours là, à toutes les sauteries familiales – enfin, surtout aux enterrements –, tous ces gens qui portent le même visage et le même manteau depuis trente ans, et qui, par le plus grand des mystères et sans exception, m'ont tous langée un jour ou l'autre.

Monique, comme beaucoup d'autres Monique de la famille Dijon, arbore des cheveux courts aux reflets automnaux. Elle était comme ça quand je suis née, et j'ai cette pensée gênante qu'elle sera toujours comme ça quand je mourrai.

Je ne m'attendais pas à tomber sur elle. À vrai dire, je m'attendais à ne tomber sur personne. J'ai garé ma voiture sur le premier parking que j'ai trouvé et mes fesses sur la première terrasse qui s'est présentée. À l'angle d'une rue et sous un soleil de juin, le troquet ne paie pas de mine. Assise à une table en plastique sponsorisée Cornetto, je suis la seule cliente, enfin j'étais. Quand Monique m'a aperçue, elle a agité les bras, et son petit corps enrobé s'est dirigé vers moi avec un entrain démesuré.

Nous parcourons quelques banalités – trafic routier, météo clémente, un beau samedi qui s'annonce –, et je peine à lui poser de bonnes questions, sans doute parce que je ne sais pas grand-chose de Monique. Elle m'a vue plus que je ne l'ai vue, c'est évident. Certes, de vagues images me reviennent. Une cuisine tapissée de vert, une boîte en métal remplie de Petit Beurre, une R5 dans la cour arrière, un mari pas très grand, pas très séduisant non plus, et plus très vivant, si ma mémoire se tient.

En trois minutes à peine, Monique prend des nouvelles de mon travail, de mon appartement, de mes parents et de ma santé, le plus important. Elle me rappelle quelques anecdotes qui nous lient, comme cette piqûre de guêpe au centre aquatique de Fontainebleau.

— Tu hurlais, ta mère est allée à l'infirmerie tout de suite pour récupérer un Aspivenin.

J'écoute et je remue la tête dans le bon sens, me laissant aller à des commentaires ridicules comme *c'est vrai que les guêpes, ce n'est pas très sympa.*

Monique fait flotter un silence empreint de nostalgie, qu'elle coupe en marmonnant que le temps passe, qu'elle m'a connue haute comme ça et que maintenant je suis haute comme ça, une grande et jolie plante de vingt-cinq ans. Je la corrige, je n'ai plus vingt-cinq ans depuis dix ans, mais Monique n'écoute pas, parce que, dans le fond, elle se fiche de mon âge. Ce qu'elle veut, c'est un chiffre qui ne la vieillit pas tout à fait.

Elle est attendrissante avec ses pieds qui ne touchent pas le sol, les trois heures de route qu'elle s'est enfilées seule parce que Roger est parti il y a déjà deux ans, un cancer, *c'est la vie que veux-tu.* Et moi je la regarde, elle est sincèrement heureuse d'être là, elle insiste pour me payer un second café, elle me parle comme on parle à une grande copine, elle me dépeint son jardin et son jardinier, ses projets de croisière avec Huguette et Isabelle – encore deux énigmes dans mon équation généalogique.

Nous restons ainsi une vingtaine de minutes, c'est à la fois très court et très long. Court pour elle qui me vante les mérites de la région, long pour moi qui ne sais pas rebondir. Son départ me soulage, nous nous croiserons tout à l'heure. Elle dépose des pièces de monnaie sur la table. Je la freine, c'est pour moi. Elle refuse, se lève et s'éloigne en me faisant un signe de la main, le même qu'à l'arrivée.

Le serveur s'approche et je lui commande de nouveau un café avant que le soleil ne disparaisse derrière les immeubles de cette petite ville du sud Seine-et-Marne. Je dois retrouver ma sœur à midi pour la coiffure et le maquillage, mais avant ça, j'ai envie de passer un moment seule, parfaitement seule, de regarder les voitures qui stationnent au feu, de me demander si Vincent est dans la rouge ou dans la grise, de sentir un vent d'adolescence dans mes cheveux, un vent qui viendrait me caresser la nuque, noircir mes cheveux blancs et lisser mes premières rides. Et, aussi, j'ai très envie de me laver les dents.

La maison de campagne louée pour les préparatifs exhibe des volets bleus. Elle est l'antichambre de la fête et l'adresse où dormiront certains membres de la famille ce soir.

Je connais la consigne : entrer sans frapper, emprunter l'escalier en colimaçon jusqu'au deuxième étage puis pousser la porte au bout du couloir. Je m'exécute. Les lieux pèsent un silence et demi et mon corps alourdi de trois sacs m'oblige à retenir ma respiration pour me fondre au programme.

Je tourne la poignée de mon rendez-vous et découvre une pièce baignée d'un soleil franc, encadrée de murs immaculés et de grandes fenêtres desquelles on aperçoit un jardin sans fond. Dans un coin et sur une chaise, ma sœur se tient bien droite. Elle porte un débardeur noir aux fines bretelles, qui tranche avec sa peau blanche. Je la reconnais à peine. Ce n'est pas la première couche de fond de teint, je crois que c'est la raideur, cette tension qui transparaît dans son port de tête, cette application que je ne lui sais pas, cette façon de se fixer dans le miroir mais sans se regarder. Elle paraît absente. Elle n'a jamais été si présente. La pire des bourrasques pourrait sévir dans cette chambre que ma sœur ne sourcillerait pas.

Elle a le visage de ceux qui passent à autre chose, qui mesurent la transition. Elle a une conscience aiguë de sa respiration, de ses mains fines et encore nues. Dans quelques heures, elle adoptera le nom de Nicolas, pour de vrai cette fois. Elle sera Avril Schneider, et parce que ça sonne mieux que Dijon, parce qu'elle attend ce jour depuis une éternité, parce que bientôt ils auront des enfants, elle se concentre sur le présent, sur ce point de bascule, et, pour ne pas flancher, ne cesse de replacer ses épaules à la même hauteur.

Le spectacle se déroule sous des faisceaux de poussière que la lumière extérieure façonne. Une femme enroule les cheveux de ma sœur, pince les cheveux de ma sœur, laque les cheveux de ma sœur. Cette dernière ne bouge pas, seuls ses yeux suivent ma voix. Ils sont plus bleus qu'hier, ils brillent, et, d'une voix posée comme un funambule aguerri, Avril s'enquiert de l'avancée de mes missions. Je dois aller chercher notre grand-mère à la gare et prévenir les demoiselles d'honneur de mon départ pour qu'elles prennent le relais et assistent ma sœur quand elle enfilera sa robe de mariée.

Depuis un tabouret, jambes croisées, je réponds que je vais m'en charger. En attendant, je reste près d'elle et observe son visage se métamorphoser sous les doigts de la maquilleuse. Pendant plus de trente minutes, et tandis qu'Avril se laisse manipuler, nous discutons des invités, du planning, des étapes. De nombreux silences s'infiltrent dans notre conversation, comme si nous avions besoin de reprendre notre souffle, comme si l'instant était beaucoup trop lourd de sens pour le salir de propos décousus.

La scène me rappelle notre adolescence et notre salle de bains à l'étage. Les week-ends, Avril me regardait m'apprêter avant que je ne sorte. Assise sur le rebord de la baignoire, elle me détaillait sans un mot, curieuse et impatiente de monter à son tour dans le grand manège des soirées, des garçons et des lèvres rosies. Elle tendait le cou pour que j'y vaporise un peu de mon parfum et levait les bras en quête de mon déodorant. Aujourd'hui, tous ces vertiges sont derrière nous. Et, comme les guêpes, je trouve que le temps qui passe n'est pas très sympa.

Quand, vers treize heures, le devoir m'appelle, ma sœur me pose une dernière question d'un ton plat, qui diffère de d'habitude, la nuque toujours rigide :

— Est-ce que tu sais si Vincent est arrivé ? Il a les alliances.

Je réponds que *oui, enfin j'imagine.* Des voitures au feu, j'ai dû en compter cent.

Sur le parvis de la mairie et sous un ciel parfaitement bleu, le soleil est si corsé que le bitume scintille. Il fait lourd. Bien entendu, ça aurait pu être pire, c'est Joël qui le répète – Joël, notre oncle. Il ramène sa fraise en me rabâchant qu'il n'y a plus de saison et que quand il était gosse, il neigeait toujours à Noël. Pleine de compassion pour son analyse d'expert et son moral à zéro, je lui réponds que *c'est vrai, aujourd'hui, c'est un peu le monde à l'envers.* Il me tape sur l'épaule, du grand Joël, puis saisit son appareil photo, prêt à dégainer. Je sors mon jetable, le premier. Sur les ordres de ma sœur, je dois abuser de ces petits bijoux, dix en tout, pour un résultat authentique et des photos comme avant, quand il y avait encore des saisons.

Je n'ai pas le temps de saluer grand monde qu'un klaxon retentit déjà et signale l'arrivée du marié. Nicolas apparaît, pas tout à fait blond mais pas tout à fait châtain, beau comme le plus beau des quatre frères Schneider. Aux côtés de son témoin Andrew, il est applaudi, photographié. Souriant mais pas très à l'aise, il cherche des visages familiers autour de lui mais semble n'en identifier aucun, et moi je me dis qu'il sent peut-être le biscuit et le lait.

Ma grand-mère, qui me tient le bras depuis la descente de la voiture, me lâche pour courir admirer l'individu. Joël, lui, prend de l'élan, visiblement décidé à photographier le marié sous toutes ses coutures, à commencer par son dos. Je choisis de le suivre. Il est une béquille, un refuge, peut-être même une barricade ; tant que je le colle, personne ne s'approche de moi, et si jamais mon plan échoue, alors il me restera toujours Monique, qui évolue dans son coin avec l'une de mes tantes, la Jacqueline, et je me questionne à cet instant sur cette étrange façon que nous avons de placer des articles devant certains prénoms, de les travestir en nom commun, *c'est la Jacqueline, la Monique* comme s'il fallait les distinguer ou les introniser, d'ailleurs depuis que je suis là, on a dû me distinguer et m'introniser six fois. *Oh, c'est la*

Manu, comment elle se porte ? La Manu se porte bien mais *le Vincent* est probablement dans le coin, alors *la Manu* va te congédier, elle doit aller creuser un trou.

Planquée derrière mon appareil photo, lui-même planqué derrière Joël, je tente de capturer le plus joli sourire de Nicolas malgré les dizaines de silhouettes qui me coupent la route et le paysage. Quand, enfin, il est dans ma ligne de mire, je fige son expression de garçon content mais étriqué dans son costume – il ne porte que des tee-shirts, été comme hiver. Autant dire que, par amour, on est capable de beaucoup, et surtout d'arrêter de fumer : à cet instant, Nicolas rêve d'une cigarette, on le devine à son regard et à ses mains qui tâtent les poches qu'il n'a pas. Un vieux réflexe qui ressort de nulle part, ou si, de mille années de tabagisme, et qui le surprend au moment même où il s'apprête à s'engager avec celle qui, un jour, lui a dit : *La clope ou moi.* Peut-être est-il en train de penser à cet ultimatum et de remettre en question le choix d'unc vic, et ça me fait presque peur pour ma sœur. *Il est passé où ? Il a préféré aller au PMU, on est vraiment désolés pour toi.*

Perdue dans mes songes, je me laisse interrompre par Chloé, le témoin de ma sœur, qui porte une robe rouge framboise et son téléphone autour du cou, relié à un cordon. Son excitation, qui transpire, ne l'abandonne jamais. Chloé est de ces gens qui traversent l'existence avec une facilité déconcertante et ne s'encombrent d'aucune futilité. De fait, elle est plus heureuse que la moyenne, ravie pour tout, ravie pour rien. À la fréquenter, j'en ai toujours conclu que le tout et le rien, ça revenait au même ; quand on apprend à se contenter de peu, la vie est aussi simple que le bonjour qu'elle me lance.

Très mince et très grande, elle a le visage allongé et des bras si fins que je n'ai pas envie d'un câlin. Elle m'enlace quand même, fait claquer des baisers dans l'air et s'engouffre dans un monologue. Elle m'explique tout ce qu'elle a pris le temps de vérifier ce matin, tous les détails qu'il a fallu gérer, régler, revoir, le DJ charmeur, la tuile parce qu'elle a ses règles, l'orage menaçant, la brochette de demoiselles d'honneur qui la suit partout et le témoin de Nicolas qui n'en branle pas une. Compréhensive, j'acquiesce à tout, je lui propose même mon aide si besoin, elle me répond que ça tombe bien, *si tu pouvais aller acheter des tampons.* Puis elle disparaît en un éclair, sans que je ne puisse renchérir.

De nouveau seule, je continue de jouer avec l'appareil photo, le visse à mes yeux et regarde le spectacle à travers. Je vois Joël et sa poupée,

Miss Seine-et-Marne 1999. Je vois Chloé qui discute désormais avec une troupe de cousins. Je vois du bruit, parce que parfois le bruit se voit. Je vois des Schneider et des Dijon, une lumière d'été et des mains qui conversent. Je vois des oncles, des tantes et notre bande d'enfance. Je vois le passé grandeur nature. Je vois mes parents qui entourent ma sœur et pensent certainement à cet enfant de quatre ans sans appétit la veille de son mariage à l'école maternelle. Je vois une Knacki, l'image est moyenne.

Je colle davantage l'appareil photo à mon visage, je le fais pour garder une posture, pour ne pas trembler quand une énième voiture franchit les graviers, quand quelqu'un passe derrière mon dos ou que des cheveux très bruns rôdent autour de moi. J'ai peur de te revoir, Vincent Schneider, même s'il paraît que tu te dégarnis.

3.

La première fois que je l'ai vu, j'avais cinq ans. Il grimpait les marches de sa nouvelle maison, suivi de trois petits gars, trois petits frères, dont deux qui se ressemblaient comme deux gouttes d'eau. Nous étions précisément en juillet 1989.

Durant l'été, nos parents ont sympathisé avec les parents Schneider. C'était une saison d'apéros, de soleil qui se couche très tard et de chauves-souris à la nuit tombée. Noyée dans mon short et ma grande chaise de jardin en plastique, j'écoutais les adultes déblatérer sur le quartier, tirer des portraits, ouvrir des bouteilles de rosé. Parfois, la fumée du barbecue me faisait toussoter et Vincent me fixait en croquant sauvagement dans son hot-dog. Il avait le visage d'un aventurier venu tout droit du Grand Est et du ketchup à la commissure des lèvres.

Lorsque nous avions la permission de sortir de table, nous jouions au chat perché dans l'immense jardin. Aucune clôture ne séparait nos deux maisons. Mon père comptait en installer une mais avec l'emménagement des Schneider, il avait remis les travaux à plus tard. *Plus sympa pour les mômes,* disait-il, et toujours ma mère opinait.

Vincent et ses frères jumeaux couraient vite, si bien que, la plupart du temps, ils m'attrapaient. J'adorais ça, surtout quand Vincent était mon ravisseur. Les jumeaux, je les confondais. J'étais contrainte de leur demander qui était Jean et qui était Jérôme. Ma sœur et Nicolas, eux, marchaient à peine. On les trouvait posés dans la pelouse à arracher des brins d'herbe à la merci des moustiques. Ils se racontaient des trucs qui échappaient à tout le monde. On aimait bien s'amuser de leurs points communs. Les benjamins avaient la même couleur de cheveux et la même date de naissance, bien qu'à une année près ; ils étaient nés le jour de l'an et les parents prenaient un fin plaisir à débattre des avantages et des inconvénients d'une telle date, entre intérêt ou non de sauter une classe, et, chaque fois, ma mère ajoutait qu'elle voulait un troisième enfant, même si ça n'avait aucun rapport.

À la rentrée de septembre, les parents ont décidé de s'arranger entre eux. Ça allait de soi. Le matin, en général, ma mère nous déposait à l'école et, le soir, Michel ou Anouk Schneider nous récupéraient. Dans la Renault 19, nous étions trop nombreux, alors l'un d'entre nous montait dans le coffre, souvent Vincent ou moi parce que nous étions les aînés. À la longue, je savais me repérer sur le trajet de l'école simplement en regardant le ciel. Les parents répétaient qu'on ne craignait rien, que les chances de croiser la police étaient infimes. De toute façon, même en petit comité, nous n'étions pas attachés. C'était l'époque des voitures sans ceinture et du tabac qui ne tue pas. Ma mère fumait des Chesterfield rouges le soir dans la cuisine. J'adorais l'odeur, cette enfance et nos nouveaux copains.

Nous habitions sur une petite place que nous surnommions *la placette*, perdue au milieu d'un lotissement sans fond en banlieue parisienne, dans le village de Gré, près de Fontainebleau. Six maisons entouraient ladite placette. Au centre, on y trouvait un immense sapin tacheté de boules vertes. Nous les avons longtemps suspectées d'être à l'origine de la crise d'appendicite de ma sœur. Ma mère était persuadée qu'elle en avait avalé une. Au centre de la placette demeuraient également de maigrelets arbustes, des plots en béton et des boîtiers électriques que les garçons aimaient ouvrir et trifouiller. Ils sont tous devenus ingénieurs.

Nous passions des heures à jouer là, quand ce n'était pas dans le jardin. C'était un lieu de rendez-vous tacite, celui même de nos retrouvailles. Nous nous y confions des secrets, nous y dansions, nous y tracions des plans de maisons à la craie – les filles vivaient d'un côté et les garçons de l'autre –, nous y troquions nos billes et nous nous y rebellions entre nous et contre nos vieux : quand ils nous ordonnaient de rentrer parce qu'il se faisait tard, nous feignions de ne pas les entendre, les condamnant ainsi à sortir. Nous savions qu'une fois dehors, ils entameraient un bout de conversation tandis que nous gagnerions des minutes de sursis.

Lorsque nous étions privées de sortie, Avril et moi compensions avec des poupées. Elles s'appelaient Vincent, Jean, Jérôme, Nicolas, Emmanuelle et Avril. Dans nos chambres attenantes, nous nous inventions des histoires d'enfants, de cabanes, de crêpes, de courses-poursuites, parfois d'amour. À cette époque-là, nous étions beaucoup trop jeunes pour nous faire la réflexion que quatre garçons pour deux filles, ça nous laisserait amplement le choix.

4.

Maintenant que le marié est là, adulé de tous et complètement intégré, l'assemblée n'espère plus qu'une chose, ou plutôt qu'une personne : la mariée. La bonne nouvelle, c'est qu'elle ne devrait pas tarder. Ma sœur avait prévenu – *je ne veux pas que les gens patientent infiniment.* Avril est comme ça, elle a toujours eu peur de déranger, et le jour de son mariage ne fait pas exception.

En attendant, je continue de suivre Joël un peu partout, qui déambule dans un périmètre restreint. Ce périmètre m'arrange, et s'il y a bien un endroit dans lequel je me sens à l'étroit à cet instant, c'est ma robe. J'ai l'impression d'être déguisée, et cet accoutrement me rappelle toutes ces années à pratiquer la danse au club du village ; en septembre, la question des costumes pour le spectacle était encore loin, mais, quand au début du printemps les premiers essayages occupaient les heures de répétition, les copines et moi nous sentions ridicules. Le jour J, sur scène, j'étais mal à l'aise, et je me demandais pourquoi nous ne dansions pas en caleçon noir, tout simplement. Une année, je portais des ailes – dans mes souvenirs j'étais un ange, ou peut-être une fée –, et ces deux gros morceaux de tissu entortillés dans du métal ralentissaient mes mouvements et me donnaient la sensation d'être suspendue à un cintre. Mon corps m'encombrait, et, quand il avait fallu que je fasse la roue, j'avais perdu un bout d'aile, alors que l'idée était quand même de montrer aux spectateurs que mon attirail me permettait de voler. À l'atterrissage, mes pieds avaient heurté mon aile déchue, j'étais tombée et avais couru vers les coulisses, en larmes. Ma professeure me répétait : *Manu, ce n'est qu'un détail, retourne sur scène*, mais pour moi, ce n'était pas rien, c'était la honte de ma vie, si bien que, pendant des jours, et parce que la mémoire du corps est tenace, je sentais une ailette dans mon dos et le bleu à mon genou. Je me suis alors promis que plus jamais je ne m'affublerais de vêtements débiles qui rendent débile, mais aujourd'hui, je n'ai pas le choix, il n'était pas question que je me pointe en jean, ni même en pantalon de tailleur, ce qui aurait pourtant été un parfait compromis entre les ailes et le caleçon noir.

Ma mère s'approche de moi, elle a sorti le grand jeu, même si je crois reconnaître la jupe qu'elle portait au baptême de mon petit frère. Ma mère adore le vintage, et surtout employer ce mot qu'elle prononce phonétiquement. Elle se demande où j'étais passée, je réponds que *pas loin, avec Joël.* Elle a les yeux qui pétillent, ça fait un an qu'elle a les yeux qui pétillent à l'idée de marier ma sœur, et qu'elle aime rabâcher que la maîtresse d'Avril et de Nicolas a eu du pif. À ses heures perdues, elle la soupçonne même d'être diseuse de bonne aventure.

Après un rapide tour d'horizon sur les émotions en cours et la fière allure de Nicolas, elle m'interroge sur Pablo. *Où est Pablo ?* C'est marrant, tout le monde se pose cette question, alors que la question qui me turlupine est plutôt : où est Vincent ? Sans doute parce que j'ai la réponse à la première, pas à la seconde.

Présentement, Pablo est au mariage de sa cousine. Si les gens se mariaient en novembre ou en février, on n'en serait pas là, à cumuler les cérémonies en juin et à faire mariage à part. Ma mère rétorque que *pour ta gouverne, je me suis mariée en mars.* Je lui demande avec qui, elle ne comprend pas.

— Avec ton père, pourquoi ?

Du même coup, elle désigne mon géniteur du doigt, des fois que je ne le connaisse pas, et ajoute qu'il discute avec Monique, *ta vieille tante.* Sauf que Monique n'est pas ma vieille tante, et que, dans cette famille, tout le monde est la vieille tante de tout le monde, c'est infernal. D'ailleurs, je suis certainement la vieille tante de quelqu'un, mais de qui ? Très vite, je me retrouve au milieu de six personnes, enfin de six vieilles tantes – sauf une qui porte la barbe et se fait appeler Pascal –, et toutes me disent en chœur :

— Bonjour Manu, comme tu es belle.

On me salue sans article. Pour une fois, je ne suis pas *la Manu*, ça me déstabiliserait presque. Je réponds simplement *bonjour*, parce que les prénoms des uns et des autres m'échappent, aussi parce que ces gens ne sont pas particulièrement beaux, mais ça, c'est un détail.

Quelques minutes plus tard, une vieille Citroën Picasso qu'on n'aurait pas eu idée de remplacer pour l'occasion se gare devant la mairie. Escortée par notre frère, Avril s'extirpe de son carrosse. Subitement, les cous se déboîtent, les visages se tournent, les voix baissent d'un ton. En rang d'oignons, la foulc absorbc Avril des yeux. Un étrange silence plane sur une tonne de murmures. On raconte qu'elle est magnifique. On s'extasie sur son énorme chignon blond doré, sa couronne de fleurs séchées rose poudré, sa peau de pêche et sa robe à traîne.

Avril a trente-deux ans et le même visage que sur la photo du *doucemé*. Elle tient le bras de Pierre comme elle tenait son cartable dans la voiture – des fois qu'il lui glisserait entre les mains. Gênée d'être au centre de l'attention, elle arbore une moue timide, et, de son petit mètre soixante, descend quelques marches avant de pénétrer l'assemblée, les jeunes et les moins jeunes, les chapeaux verts et les robes jaunes, les pantalons beiges et les chemisettes bleues, les enfants qui courent et les poussettes que l'on berce machinalement.

Une odeur de cigare à la vanille embaume l'atmosphère, qui contraste avec celle des rhododendrons dispersés par centaines autour de nous. Avril inspire très fort et harponne mon regard. Elle sait que je sais. Je sais qu'elle sait que je sais. Nous savons les souvenirs et les nouveaux voisins, et puis les trente années passées depuis.

Ma sœur poursuit sa route. Elle progresse au milieu du public, rougit à mesure des sourires qu'elle intercepte et tente de répondre à chacun d'eux sans faillir. Ses paupières clignent à toute allure. Elle donne l'impression de se réveiller, de sortir de ses réflexions, d'être jetée dans son grand jour après douze mois d'organisation, de débats, de plans de table, de généalogie mal maîtrisée.

Des dizaines de dos lui tournent autour et moi je me déplace en cercle pour photographier les embrassades et les compliments, aussi mon frère qui redresse le menton une dernière fois avant de parachuter

Avril au centre de la foule. Il lui glisse un mot à l'oreille, s'écarte d'un pas discret et s'approche de mon objectif pour que je l'immortalise en gros plan.

Pierre est né peu après le *doucemé*. À cette époque, je réclamais souvent un grand frère à ma mère, qui rétorquait qu'elle ne pouvait pas accoucher dans le passé. Pour une sage-femme, je trouvais que c'était le comble. Elle a finalement accouché dans le présent. J'avais presque sept ans et j'étais beaucoup trop heureuse. Je savais que mon petit frère deviendrait grand, et, désormais, il me dépasse d'une tête. Il est un peu mon garde du corps, celui qui, notamment, devine mon appréhension de savoir Vincent quelque part dans la ronde, quelque part près de moi. Je redoute le moment, l'instant même où je ferai un pas vers lui ou lui vers moi. L'instant où, polis et conditionnés, nous nous saluerons. L'instant où, dans nos regards qui butent, s'enlacent ou se refusent, le passé resurgira. C'est évident qu'il y pense comme j'y pense. C'est évident, un jour comme aujourd'hui. À moins que non, à moins que je sois la seule à vivre avec ça. Peut-être que, lorsqu'on a construit sa vie, fait deux enfants, acheté une grosse bagnole pour les vacances au bord de l'océan, on oublie un peu. Peut-être que les amours de jeunesse s'évaporent quand les amours d'adultes ne rigolent plus. À croire qu'avec Pablo, nous rigolons beaucoup.

5.

Je suis tombée amoureuse de Vincent Schneider quelque part entre l'enfance et l'adolescence, cette période où j'avais des envies d'être grande, de traîner en bande et d'enfiler des pantalons pattes d'éléphant. Je ne voulais plus m'habiller à la Halle aux vêtements, je faisais des crises à ma mère. Je portais mon sac à dos sur une épaule, j'appelais mon instituteur *mon prof* et je collectionnais les magazines pour jeunes filles. Tous débordaient de conseils pour faire le premier pas. Le premier pas, je comptais le faire avec Vincent. Je jetais mon dévolu sur lui parce qu'il était beau et parce qu'il était mon voisin, c'était plus pratique. J'aimais bien Erwan aussi, un garçon de ma classe à la mèche un peu rebelle. J'hésitais entre les deux, et ça me plaisait bien d'hésiter, parce que hésiter, ça faisait grande.

Vincent était un solitaire. Souvent, il faisait du vélo sur la placette. Il tournait en rond jusqu'à ce que je le repère. Dès que je me pointais, il empruntait la direction de la forêt située derrière nos maisons. C'était une forêt minuscule, triste en hiver, gaie au printemps. Lorsque j'étais enfant, elle me semblait si vaste que je pensais qu'elle était la forêt de Fontainebleau. En réalité, elle n'en était qu'une fraction. Un long chemin la traversait, qui nous menait tout droit à la place du village. Nous aimions pédaler dans les bois, surtout Vincent. Il empruntait des allées qui n'existaient pas, slalomait entre les ronces et prenait de front les racines. Il portait des tee-shirts bleu marine, il était très brun, il était casse-cou. Quand je le perdais de vue, je levais les yeux et le distinguais au sommet d'un arbre. Ses cheveux ébène le trahissaient au milieu des feuilles de chêne. Il était une tache sombre dans la campagne. Il abandonnait sa bécane, il grimpait, il s'échappait, et moi je l'attendais au sol, adossée au tronc, à effeuiller des pétales de marguerite pour qu'il m'aime en retour, convaincue, dans le fond, qu'il m'aimait déjà.

Dans cette parcelle de nature qui prolongeait nos jardins, nous adorions construire des cabanes. Vincent menait la troupe, il avait des plans en tête, de la force dans les bras. Pendant ce temps, Avril et moi ramassions des petits bâtons que nous plantions minutieusement pour délimiter ce que serait notre pavillon familial. Quant aux jumeaux, ils avaient pour mission de déblayer le terrain des feuilles mortes avec Nicolas. Le soir, à l'apéro, nous nous installions sur la balancelle fleurie de mes parents. Dodelinés par l'engin et collés sans pudeur, nous revenions sur nos constructions du jour et listions nos impératifs du lendemain.

Les années ont passé. Vincent est entré au collège avant moi. Les matins nous séparaient. Il montait dans un bus, je ne montais plus dans le coffre. Je me retrouvais à l'avant ou bien coincée à l'arrière de la Renault 19 entre les jumeaux. Je ne les portais pas dans mon cœur, Jean et Jérôme. Ils se moquaient de moi, de mes lunettes et de mon inclination pour leur grand frère. Je détestais ça et, en même temps, je ressentais une forme de jouissance quand ils prononçaient le prénom de Vincent. Ça me donnait l'impression de vivre quelque chose avec lui, ça donnait de l'importance à mes sentiments. Tellement que j'attendais le soir avec empressement. J'avais hâte de rejoindre Vincent dans la rue, d'enfourcher mon vélo, de savoir comment ça se passait, la sixième. Souvent, j'avais trop de devoirs et mes parents refusaient que je mette le nez dehors. Je regardais Vincent taper un foot avec ses frères par la fenêtre du salon, le regard rivé sur ses cheveux touffus et son attitude circassienne ; j'ai toujours trouvé que Vincent avait le visage d'un jongleur qui officie à la sortie du métro, parce que son sourire était immense et son agilité incontestable. Plantée près du radiateur en fonte, j'étais contrainte de gigoter pour suivre la balle des yeux, la faute au gros marronnier qui obstruait ma vue et que mon père n'entendait pas couper, même pas élaguer. C'est à cette période-là que j'ai acheté mon premier journal intime, vingt-cinq francs. Il fallait bien que je traite mes parents de cons quelque part.

Avec le temps, de nouveaux voisins ont emménagé. La placette est devenue une cour de récréation. Nous avions des copains, des copines, et toujours la même obsession, celle d'expédier nos leçons pour sortir jouer. Depuis ma nouvelle chambre à l'étage aménagée sous les combles, je voyais bien la placette. La chambre de ma sœur octroyait cependant une meilleure vue. Quand les Schneider, Julien, Chloé, Anne-Sophie et Laura étaient déjà en place, des craies à la main et des ballons au bout des pieds, nous bâclions nos exercices de maths et nos poésies qui ne dépeignaient rien du monde ; le monde était dehors, au seuil de nos portes. Pendant les vacances, nous sortions même après le dîner. Il fallait manger très vite. Le moindre bruit venu de l'extérieur me faisait gober tout rond mon friand à la viande. Ma mère ne comprenait pas mon impatience. Mon impatience s'appelait Vincent, et maintenant que je portais des pantalons pattes d'éléphant, que j'avais douze ans et un agenda, j'avais toutes les chances de l'embrasser. Quand on jouait à chat et qu'il m'attrapait, des frissons d'un nouveau genre me parcouraient le corps. En sa présence, mes seins poussaient plus vite. J'avais trouvé l'homme de ma vie.

6.

Enveloppés par le brouhaha ambiant, Pierre et moi fixons le drapeau français et immobile qui gît devant la mairie avant de laisser nos yeux divaguer sur les Dijon et les Schneider, le bleu de juin et nos chaussures guindées. Malgré moi, j'en profite pour balayer la foule de gauche à droite. Je voudrais apercevoir Vincent avant qu'il ne m'aperçoive, simple précaution.

Pierre se décide à rejoindre les parents Schneider afin de les saluer. Michel et Anouk l'adorent ; en étant le plus petit des deux fratries, mon frère a longtemps rajeuni les adultes de la placette, et il continue de le faire.

Pour m'occuper l'esprit, ou plutôt les pupilles, je dérive sur les jumeaux. Ils sont là, à deux pas, identiques et engoncés dans leur costume, et je me dis que si je ne les connaissais pas depuis trente ans, je ne les différencierais pas. Leurs compagnes, elles, ne se ressemblent pas du tout. Physiquement, on a le jour et la nuit, la blonde et la brune, la fine et la plus en chair, la grande et la plus petite, l'extravagante et l'effacée. Je les regarde discuter, je ne suis même pas sûre qu'elles s'apprécient mais j'imagine qu'elles n'ont pas d'autres choix que de faire semblant. Avec ma sœur, on les appelle *les deux*. *Les deux* qui, sans partager un seul point commun, partagent le plus gros qui soit, si bien qu'il nous arrive parfois de les confondre ; à force d'embrasser le même décor, elles nous donnent l'impression d'être les mêmes.

Je déserte ma place à la recherche de Joël, que je peine à repérer tant la population s'est multipliée. Je crois le démasquer quand mes yeux trébuchent sur Vincent. Il est là, qui discute avec une dame d'une soixantaine d'années, sans doute une vieille tante. Une vague de chaleur me saisit dans le bas-ventre et me remonte jusque dans la gorge. Je le quitte brutalement du regard, comme si je m'en fichais alors que pas du tout, comme s'il était sans intérêt alors qu'il en déborde. J'épie l'assemblée, toutes ces personnes qui n'ont jamais bougé, et je me demande pourquoi nous, nous avons bougé. Il est là, moins brun, moins fou, ses traits sont un peu fatigués. Il a vieilli, l'image m'égratigne, une once d'amertume me submerge et je peine à avaler ma salive.

Où sont passés les deux gamins que nous étions ? Si je fouillais dans les bois, si je prenais vraiment le temps de fouiller dans les bois, alors je les apercevrais, au sommet ou au pied d'un arbre. Autour d'eux, un silence de campagne, un soleil fidèle comme les grandes vacances, des ronces qui éraflent leurs mollets. Ils ne me verraient pas, ne m'entendraient pas, certains d'avoir tout le temps. Alors je les secouerais, je leur dirais que le temps n'est pas si sûr, que nous le prenons toujours pour se quitter, pas assez pour s'aimer. Je leur dirais de faire attention : on fait vite de se retrouver vingt ans plus tard sur le parvis d'une mairie à marier d'autres que soi.

Je m'active, bute sur quelques épaules et me dirige vers Monique car, quand Joël n'est pas disponible, Monique l'est toujours. Elle est avec Chloé. La confrontation me semble improbable, mais pourquoi pas. Le témoin de ma sœur me lance un regard qui interroge son tampon et Monique un regard attendri. Elles causent voyage de noces. Avril et Nicolas ont tout planifié : dans trois jours, ils s'envolent pour Naples. Un choix modeste, qui leur convient bien, parce que Avril et Nicolas sont comme ça, modestes. La folie des grandeurs, ce n'est pas leur truc, les destinations tendances non plus. Ils n'ont qu'un rêve, faire des enfants et acheter un pavillon, et comme le dit souvent ma sœur, *l'avantage de ne pas viser la Lune, c'est que tu es toujours content,* et aux dernières nouvelles, Naples n'est pas la Lune, alors ma sœur est contente. Monique et Chloé pataugent, leur dialogue n'en est pas un, elles énumèrent des villes sans s'écouter. Monique raconte que son voyage de noces s'est déroulé à Venise, Chloé répond qu'elle rêve de Venise mais aussi de Malaga, Monique évoque sa croisière en Europe et Chloé ses vacances à Pornichet, et si on continue comme ça, on va se faire un tour du monde en quatre-vingts secondes et revenir à la région de Fontainebleau, qui, quand même, offre un cadre de vie idéal.

Notre tour du monde se stoppe brutalement. Le silence qui s'abat oblige Monique et Chloé à se taire et nous ramène au présent, devant cette ancienne mairie qui borde une école primaire. C'est le même silence qui succède à une explosion. L'explosion s'appelle Avril et Nicolas, et si on regarde bien, leurs deux cœurs viennent de transpercer leurs poitrines.

Ma sœur se tient droite devant Nicolas, à moins que ce ne soit plutôt l'inverse. Quelques mètres et un nom les séparent. Le rendez-vous dans l'enceinte de la mairie est prévu dans sept minutes, à quinze heures pétantes. Nicolas avance, Avril avance, tout le monde recule. Leurs deux visages s'illuminent et un parfum d'été 1989 flotte dans l'air. On était bien avant, entassés dans la Renault 19, quand on ne savait rien, quand on ne conduisait pas, quand Bachelet passait à la radio et que ma mère fredonnait en clopant. Même enceinte de mon frère, elle crachait sa fumée par la fenêtre. Elle faisait des nuages. Aujourd'hui, il n'y en a aucun, mais il y a mon frère qui fume avec classe, comme s'il avait été bercé à ça, à la nicotine et au geste, à la légèreté et à la poésie de ma mère, elle qui rêvait de devenir artiste en plus d'être sage-femme. Pourtant, c'était artistique que d'accompagner la vie.

Ici, la vie bat son plein et l'avenir prend forme. Avril et Nicolas se font face. Ils ne s'embrassent pas, pas encore. Le silence est de plomb, incapable à percer, incapable à défier. Plus personne ne parle, plus personne ne bouge, pas même le ciel, figé dans son bleu transparent, témoin d'un jour important et d'un amour sincère. Depuis l'enfance, Avril et Nicolas évoluent ensemble. Ils ont pris des bains ensemble, ils ont joué ensemble, ils ont couru ensemble. Ils ont cuisiné des cookies pour l'école, et aujourd'hui, de la même façon, ils n'arrivent jamais les mains vides quand ils sont reçus. Souvent, on leur demande ce que ça fait, que de n'avoir connu personne d'autre. On leur demande ce qu'ils vont bien pouvoir faire maintenant qu'ils ont tout vécu. La réponse est pourtant simple : il leur reste à passer une vie ensemble et c'est bien l'objet du jour.

Mon père se faufile vers moi, ému. Son costume n'est pas vintage, mais je reconnais bien celui du baptême de mon frère. Je crois que mes parents classent leurs vêtements par date ou par occasion.

— On aura marié ta sœur en Picasso, me dit-il, fier.

J'ai envie de répondre qu'on ne l'a pas encore mariée et que Nicolas a très envie de fumer, mais je vois bien que mon père est satisfait de sa réplique parce que la vieille bagnole est toujours parmi nous.

C'est alors que les cloches de l'église sonnent l'heure. Aussitôt, la population s'agite. Il faut entrer dans la mairie. Joël débarque à mes côtés, sa poupée dans les pattes. Des dizaines de visages se ruent vers la salle des mariages. Chaque personne ici présente cherche la direction de la grande porte, et puis sa place, un bras, une tête.

Dans cette foule en entonnoir, je fixe les silhouettes et les couleurs, je fixe un tout pour ne pas fixer un point, pour ne pas fixer celui qui, à cet instant précis, m'adresse ce sourire que j'ai, un temps, connu par cœur. Prête à défaillir, je me recentre : je fourre une main dans mon sac et malaxe comme une boule antistress un tampon qui gît là et que je pourrais bien apporter à Chloé.

La dernière fois que Vincent et moi nous sommes parlé, vraiment parlé, c'était il y a douze ans. C'était au téléphone. Il m'a dit mot pour mot :

— Je ne passerai pas à Paris en mars, je crois que j'ai rencontré quelqu'un.

À cette même époque, Nicolas décrochait son permis moto, invitait ma sœur à faire une balade et lui roulait une pelle sur les berges du Loing. La relève était prise.

7.

J'adorais ma chambre à l'étage, ma housse de couette rose et mon énorme chaîne hi-fi. J'aimais m'installer à mon bureau, chercher le numéro de téléphone de mes copines dans le bottin de mes parents et les retranscrire dans un calepin. Mais ce que je préférais plus que tout, c'était ma lucarne.

Je crois que tout a commencé un peu avant le collège – je devais avoir onze ans, quand Vincent s'asseyait sur le rebord de sa fenêtre. Je le voyais très bien depuis la mienne. Vingt mètres à peine les séparaient. Nous n'étions pas vraiment face à face, plutôt en biais. Au début, il se postait là et attendait que je le remarque, un peu comme à vélo, lorsqu'il errait devant le portail. Il n'était pas du genre à parler, il essayait simplement d'attirer mon attention. Certaines fois, il plantait ses deux mains à l'arrière du crâne et détaillait le ciel, paumé dans ses rêveries. D'autres fois, il lisait un livre avec assiduité. Enfin, il me semble. Je craignais toujours la chute. Il n'est jamais tombé, ou juste amoureux.

Moi, je ne pouvais pas m'asseoir à ma fenêtre, et je trouvais absurde l'idée de me mettre debout et de m'accouder au rebord pour mater le paysage ou bouquiner ma « Bibliothèque verte ». Un dimanche matin, alors que mes parents étaient absents, j'avais déplacé mon lit près de ma fenêtre et, le soir venu, je m'étais plantée dessus, bien droite. Mes cheveux étaient désormais dans le champ de vision de Vincent. Je passais mon temps ici pour lui signifier ma présence, toujours coiffée d'un chignon haut. Il a dû s'écouler de nombreux mois comme ça. Lui assis à sa fenêtre, moi assise sur mon lit. C'était devenu notre rendez-vous. Un rendez-vous plat en apparence, mais un rendez-vous auquel je tenais plus que tout : les fesses sur mon matelas rebondissant, je peux assurer que mon cœur faisait des bonds. Je savais Vincent à deux pas de moi et chérissais l'espoir de fermer mes volets au même moment que lui. Il m'arrivait de viser juste, de détecter le bruit de sa poignée, de m'activer en temps voulu. Nous nous disions alors *bonne nuit*, et dans mon cœur d'adolescente, ce *bonne nuit* voulait dire je t'aime. Je m'endormais avec ça, avec la présence silencieuse de Vincent, son image dans l'encadrure et ses épais cheveux bruns au-dessus du vide. Je refermais le tout contre moi, pressée d'être au lendemain.

Un jour, nous avons parlé. Je ne sais plus sous quel prétexte, j'imagine qu'il en avait marre de lire et moi de me tripoter les cheveux. J'imagine aussi que nous étions fatigués de nous tourner autour et de nous adresser la parole pour seulement nous quitter.

En été, nous prenions rendez-vous là-haut après le couvre-feu, à l'heure où il nous fallait déserter la placette. En hiver, j'avais hâte de le retrouver après le dîner, alors je montais à toute vitesse. Les Schneider mangeaient souvent tard, j'étais contrainte de patienter. Quand il allumait enfin la lumière, ma poitrine se serrait. J'observais en douce son ombre vagabonder. Son ombre attrapait des bouquins et préparait son sac de cours pour le lendemain. Son ombre tassait sa couverture et replaçait son oreiller en prévision de la nuit à venir. Son ombre disparaissait – sans doute aux toilettes –, puis revenait et recommençait. Moi, je restais planquée à égrener les minutes, j'attendais qu'il ouvre sa fenêtre. Au moment clé, il criait mon prénom ou sifflait. Je quittais ma fausse occupation et débarquais l'air de rien. Son sourire était immense. Quand je n'osais pas faire le premier pas, surtout les premiers temps, j'envoyais ma sœur. Lorsqu'il apercevait sa petite bouille, il s'installait à sa fenêtre. Ma sœur ouvrait la mienne, engageait la conversation, *salut Vincent, ça va ?*, et moi je comptais jusqu'à cinquante pour ne pas débou-lonner trop vite ; à cinquante, je me montrais. D'un coup dans les chevilles je faisais comprendre à ma sœur que c'était bon ; elle avait fait le job, elle pouvait regagner son antre.

Vincent et moi discutions des heures et je me demande encore ce que nous avons pu nous dire tout ce temps. Parfois, nos parents nous astreignaient à nous taire. Je faisais la gueule, on me privait de lui. Mon père râlait quand les températures étaient fraîches, *et le chauffage, c'est pour les riches ?* Je n'obéissais pas ; on n'était pas si pauvres. Lorsque le ton montait, il nous arrivait de stopper la conversation et de nous donner rendez-vous vingt minutes plus tard. Nous essayions d'endormir nos vieux dans tous les sens du terme, nous faisions claquer les volets et, quand l'heure sonnait, nous revenions en riant, rebelles et fiers de transgresser.

Plusieurs fois dans l'année, mes grands-parents passaient une semaine à la maison et dormaient à l'étage. Chaque fois que je surprenais ma mère en train de préparer le canapé-lit à côté de ma chambre, je comprenais que je ne pourrais pas parler à Vincent pendant une poignée de jours, d'autant que mes grands-parents se couchaient avec les poules. Parfois, je m'en fichais, j'ouvrais ma fenêtre et causais à Vincent. Je chuchotais si fort que ma grand-mère cognait trois coups sur la cloison.

— Je t'entends Manu, tu en as du toupet, arrête ce raffut !

Le week-end, nous poussions tard. Nous ne voulions pas nous quitter. Vers les trois heures du matin, nous jetions un coup d'œil à la départementale, au loin – *on attend encore dix voitures et après on y va.* Nous ne les comptions jamais, et puis nous savions bien que, dans notre patelin, la circulation était restreinte. En général, l'un de nous finissait par bailler, alors on se résignait. Afin de se séparer plus facilement, on se donnait rendez-vous le lendemain pour aller *au pain* et sillonner les bois jusqu'à la place du village. On se retrouvait sur la placette avec nos pièces de monnaie dans la paume des mains, un peu dans la droite, un peu dans la gauche, certains de les garder à distance. Le trajet jusqu'à la boulangerie était pudique. Nous n'osions pas. Le jour et la réalité portaient quelque chose de différent ; une dimension trop grande pour deux enfants peureux.

Au collège, nous fonctionnions à l'identique. Tous les matins, ou presque, nous nous attendions sur la placette avant d'emprunter le chemin des bois jusqu'à l'arrêt de bus. Toujours, je prenais soin d'être jolie ; je brossais ma frange épaisse et piquais du parfum à ma mère. Je ne le savais pas mais je sentais la dame. Sur le chemin, nous parlions peu, sauf quand les jumeaux et les autres copains de la placette faisaient preuve de ponctualité et se joignaient à nous. C'était rare : généralement, tous loupaient le premier départ et montaient dans le second bus. Vincent et moi étions des lève-tôt et préférions la tranquillité.

Lorsque Vincent est entré au lycée et que nos quotidiens ne dépendaient plus du même bus, je me rendais à la boulangerie en fin de journée, à l'heure où il descendrait du sien. Mes parents s'étonnaient de ma nouvelle initiative. *On ne va pas mourir de faim !* remarquait mon père, qui, conscient et complice de mon manège, ne s'arrêtait plus à la boulangerie en rentrant du travail. J'étais désormais la responsable du pain, et quand je retrouvais Vincent *par hasard,* nous marchions d'un pas lent et peu assuré jusqu'à la placette. Il replaçait son sac à dos, me regardait de temps à autre, et, pour répondre à ses grands yeux qui me dévisageaient d'amour et me remerciaient d'être présente, je disais *le pain est chaud* ou *il ne restait que des demi-baguettes*, et puis c'était tout. Quand nos maisons apparaissaient, nous murmurions *à tout à l'heure sur la placette* ou *à tout à l'heure à la fenêtre.* Et à la fenêtre, comme par enchantement, tout recommençait.

La nuit, savoir qu'aucun geste n'était possible au-dessus du vide déliait nos langues, notre complicité s'exposait, enjambait la clôture fictive. Nous étions séparés, donc plus à l'aise, soumis à un juste intervalle. Vincent me montrait les étoiles, la Grande Ourse, Céphée, Andromède, et désormais je ne sais plus regarder un ciel de nuit sans penser à lui, même si je suis incapable de réciter la leçon et de nommer les constellations. Le jour, le voisinage nous taquinait. *Vous en faites du boucan, le soir.*

Le silence que nous revêtions en journée ne cessait de m'étonner. En même temps, il nous allait bien. Aucun de nous ne savait comment s'y prendre. Notre seul contact physique à cette époque se résumait au chat perché. À treize ans, quatorze ans, quinze ans, nous y jouions encore, beaucoup trop gauches pour oser un baiser, adorables que nous étions à nous contenter d'être amoureux au milieu d'une enfance qui subsistait pour le simple plaisir d'arranger nos cœurs frileux.

8.

Je suis au premier rang, rangée de gauche. Vincent est au premier rang, rangée de droite. Nous sommes distancés de sept personnes exactement. J'ai envie de me pencher en avant, de tourner la tête, de reprendre nos sourires là où nous les avons laissés, de lui dire *bonjour*, de passer à autre chose. Mais à côté de lui se tient Sandrine, sa compagne.

Tous, nous nous tenons droits, raides, faussement concentrés sur le visage de monsieur le maire qui attend le silence et fixe les futurs mariés qui se dévorent des yeux. Quelques secondes plus tard, enfin, il se lance dans son discours de circonstance, relatif à la cérémonie civile. Je me demande s'il va demander, là, comme ça, si quelqu'un s'oppose à cette union, un peu comme dans les films. Mais est-ce qu'un jour, dans l'histoire des mariages, quelqu'un s'est levé et a dit : *Oui, moi, faut avouer que ça m'ennuie, j'espérais me taper la mariée* ?

Ça me fait penser à cette amie qui mangeait toujours très lentement et qui m'avait lancé un jour :

— Mais tu n'en veux pas à ta sœur d'être avec Nicolas ?

Je m'en souviens, nous étions au restaurant chinois, la scène était un peu troublante, elle s'étirait dans la nuit et sous l'œil d'un chat porte-bonheur, et j'avais répondu que *non, pas du tout.* Moi, j'étais amoureuse de Vincent, pas de Nicolas. Avec un nem dans la bouche qui semblait replié là depuis dix minutes, ma copine avait commenté :

— Oui, c'est vrai, Vincent n'est pas Nicolas, et toi tu n'es pas Avril.

Je n'ai donc aucune raison de m'opposer à cette union, je suis même ravie de cette union, j'aime leur histoire, et ce n'est pas parce que les aînés ont échoué là où les benjamins ont réussi que je dois m'opposer à quoi que ce soit.

Le maire interroge d'abord Nicolas, *consentez-vous à prendre pour épouse Avril Marie Paulette Dijon ici présente, née le 1er janvier 1988 à Fontainebleau ?*, et Nicolas impose un léger suspense, peut-être que son cerveau balance entre une bonne grosse Marlboro et Avril, et puis il lâche un *oui* franc qui me soulage et semble même délivrer ma sœur, comme si, jusqu'au dernier moment, nous n'étions pas à l'abri d'un retournement de situation. À son tour, ma sœur est questionnée, *consentez-vous à prendre pour époux Nicolas Bertrand Schneider ici présent, né le 1er janvier 1987 à Strasbourg ?* Ses taches de rousseur clignotent, elle dit *oui* tout de suite, et, dans cette précipitation, on y entend de l'amour mais aussi le souci de ne pas faire poireauter la salle.

À l'écoute des vœux, Anouk Schneider part dans un hoquet, ma mère pousse un soupir de joie, Pierre siffle entre ses doigts, et Joël, juste derrière moi, s'essuie le front et me chuchote à l'oreille qu'*Avril aurait pu se marier en avril, on aurait eu moins chaud.* Je ne relève pas, ne ris pas. Je n'ose pas bouger, même pas d'un millimètre. J'ai peur que le moindre de mes gestes trahisse mon état. Pourtant, j'ignore tout de mon état.

Les mariés signent le registre. Chloé et Andrew les imitent. La pression redescend et Joël continue sur sa lancée en me susurrant que, maintenant, on va pouvoir se torpiller le caisson, rires, rires, rires, et je ne sais par quel moyen et pour quelles raisons, je m'aligne à son ton et lui réponds que *oui, génial, il fait soif.*

Les mains se déploient, ça tape et ça respire, et tandis que la brochette de demoiselles d'honneur encourage l'assemblée à applaudir toujours plus fort, je me demande si Vincent se fait la même réflexion que moi. S'il imagine Nicolas et Avril à l'arrière et s'il nous imagine, nous, sur l'estrade. S'il pense aussi que nous avons été beaux mais un peu nuls, et qu'à quelques destins près, nous aurions pu en arriver là.

Sans tarder, nous quittons la salle des mariages sur un parquet grinçant, puis Avril et Nicolas sortent à leur tour. En trois minutes, le parvis de la mairie est recouvert de larges confettis colorés que les invités ont pris soin de jeter sur les mariés pour les célébrer. Dans la foulée, il pleut des grains de riz. Les jumeaux et Pierre s'en donnent à cœur joie et mon père nous propose une minute culture : on jette du riz parce que cette céréale symbolise la fertilité et la prospérité, ce à quoi Joël répond que, l'un dans l'autre, les enfants ça fatigue et ça coûte cher. Monique, pour sa part, s'exclame qu'elle ne savait pas, *merci Jean-Luc, avec toi, on en apprend tous les jours.*

La sœur de mon père, qui n'est pas Monique, m'accoste. Laurence fait partie des gens que l'on ne comprend pas toujours, qui ne contextualisent pas quand ils ouvrent la bouche, qui n'introduisent pas la conversation mais l'attaquent par le troisième paragraphe, qui disent en chuchotant *JP m'a prévenue, l'histoire de la subvention,* ou *si le gouvernement faisait son boulot,* et chaque fois, j'ignore de quoi elle me parle, parce qu'elle s'adresse à moi comme si nous nous étions appelées la veille, or Laurence ne m'appelle jamais. À sa manière, elle commence à brûle-pourpoint, *Emma, la réforme hospitalière, on en parlera,* et je réponds :

— D'accord, bien sûr, quand tu veux, on verra ça au vin d'honneur.

Ce qui est fou, chez ces gens-là, c'est qu'en plus de raconter des choses étranges et dans le désordre, ils le font toujours au moment inopportun et avec un excès de camaraderie. Ainsi, Laurence m'appelle Emma et non Manu, comme si elle souhaitait imposer un autre surnom, preuve d'une relation différente, distincte, plus moderne, plus actuelle. Avec moi, Laurence veut être cool.

Nous devons prendre la route pour le vin d'honneur. Les mariés, avec l'aide d'Anouk qui détient de multiples contacts puisqu'elle a longtemps travaillé à la préfecture, ont loué un domaine de deux hectares perdu au milieu de la campagne, à neuf minutes de la mairie.

Alors que je m'extirpe de la foule, je tombe sur Jean, qui, une fois n'est pas coutume, erre sans Jérôme. J'ai toujours eu davantage d'affinités avec Jean. Ses traits rieurs et ses joues rondes rassureraient n'importe qui même si Jérôme affiche les mêmes. C'est plutôt une question d'attitude. Jean est plus doux, plus calme. Avec Jean, on a envie d'échanger, de boire un verre, de s'asseoir sur un banc et de se confier. Il y a des gens comme ça, qui inspirent l'apéro et les épanchements. Un sac de riz dans les mains, il me questionne, me demande si je vais bien, et sans prendre le temps de rebondir sur mes réponses laconiques, s'enquiert de savoir si j'ai vu Vincent. Pour lui, il est totalement logique de commencer par là. Jean n'a jamais compris pourquoi Vincent et moi ne formions pas un couple. De notre rupture diffuse, jamais prononcée, il donne l'impression d'avoir souffert, même si c'est un grand mot. On ne mesure pas toujours les dommages collatéraux d'une séparation amoureuse, non plus le baume qu'une jolie histoire tartine sur nos proches. Je crois que Jean n'a jamais voulu grandir et que Vincent et moi restons un marqueur de son enfance. En finir, c'était grandir, et la nostalgie qui nous habite se nourrit de la configuration d'une époque. Vincent et moi représentons l'époque, Anouk le pense aussi. Elle nous rejoint et lance, sans retenue :

— On pensait marier les grands et voilà qu'on marie les petits !

Jean sourit, il n'aurait pas dit mieux. Je ne bronche pas, montre bêtement mes dents, secoue la tête dans le bon sens derechef. Je ne vais pas la contredire. Moi aussi, j'ai longtemps cru que je porterais le nom de Schneider.

9.

Je détestais quand les Schneider partaient en vacances en Alsace ou bien à La Truchère, un petit village de Saône-et-Loire au bord de la Seille. Michel adorait ce coin et avait investi dans une maisonnette au pied de l'eau. Sur le terrain, un hêtre majestueux avait inspiré la famille, si bien que tous les six avaient décidé de construire une cabane dans cet arbre. Durant le creux du mois d'août, lorsque Vincent me manquait, je l'imaginais en train de penser à moi allongé sur le plancher de son monument.

Les volets clos de la maison des Schneider me foutaient le cafard. J'accompagnais mon père arroser leurs plantes et leur potager, je sautillais dans leur jardin, je regardais la fenêtre de Vincent en me tenant juste en dessous. Ça me rapprochait de lui. Parfois, quand je savais les Schneider à Strasbourg, une peur me saisissait : et s'ils ne revenaient jamais, déterminés à retrouver leur ancienne vie ?

J'interrogeais mes parents quant à la date du retour des Schneider, parce que Vincent ne la connaissait pas toujours lui-même. Il me disait *entre le 12 et le 14*, et ce flou m'agaçait. Il m'empêchait d'entamer un décompte précis et de projeter nos retrouvailles convenablement.

Il arrivait que les Schneider téléphonent à la maison durant leur séjour. J'écoutais la conversation, repliée en boule en haut de l'escalier, à l'affût d'une information quelconque. Je n'en tirais aucune conclusion mais j'essayais. Les formules concises de mon père m'aiguillaient peu. J'entendais *d'accord*, et puis *bien sûr. D'accord*, nous allons ramasser les salades et les distribuer au voisinage ? *Bien sûr*, nous allons nous occuper de la vente de votre maison parce que vous ne rentrerez plus jamais ? La panique me gagnait et j'insistais. *Ils rentrent quand les voisins ?* que je demandais, l'air indifférent et détaché, en feignant toujours de ne pas écouter la réponse alors que je l'écoutais avec la plus grande attention du monde. Mes parents me donnaient une date et une fourchette horaire. Mais parfois j'avais droit à une *fourchette jour*, la même que Vincent m'avait fournie, ou à peu près. C'était la pire. Je ne cessais de surveiller le bruit de leur monospace sur les graviers, bruit que je savais reconnaître entre mille. Quand je croyais le déceler, je m'installais dans ma chambre, derrière ma fenêtre mais pas trop près non plus, et je scrutais le perron de Vincent en me hissant discrètement sur la pointe des pieds. Je craignais qu'il m'aperçoive. Pourtant, il a dû me deviner plus d'une fois. Parce que, lui aussi, des valises dans les mains, il jetait un coup d'œil vers chez moi comme pour contrôler que mon chien-assis ne s'était pas envolé et que nous avions bien rendez-vous le soir venu.

Quand nous partions en vacances, le manque était un peu le même, à la seule différence que le temps filait plus vite au bord de la mer. Dans la piscine d'un camping géant, Pierre, Avril et moi perturbions la surface de l'eau de nos bombes et de nos plongeons. Ça m'occupait l'esprit. Mais savoir Vincent sur la placette, avec tous les autres en train de jouer, déchirait mon cœur d'adolescente. Je me tartinais d'huile de bronzage en espérant rentrer à Gré dix fois plus jolie qu'à mon départ ; c'était presque le seul intérêt de ces vacances auxquelles j'en voulais de me séparer de mon amoureux et que je soupçonnais, sans mal aucun, l'attrister de la même façon. J'étais convaincue qu'il ressentait le besoin régulier d'enfourcher son vélo en mon absence et de partir à ma quête dans les bois.

En classe de quatrième, je suis restée une semaine en Angleterre. Je garde un souvenir âpre de ce séjour scolaire. J'étais en famille d'accueil avec Cannelle, une amie très rousse qui cherchait toujours à exister autrement que par sa couleur de cheveux et son prénom, et qui suivait à la trace la dame qui nous accueillait chez elle – *How are you ? What's the weather like today ?* – parce que son objectif était de progresser en anglais, mais moi je m'en fichais, je demeurais dans la chambre à ruminer : s'il faisait beau à Londres, il faisait forcément beau à Gré, et tout le monde devait être en train de s'amuser dehors tandis que j'étais condamnée à manger du pain toasté à tous les repas. La vie était injuste avec moi, je détestais les Anglais et l'Angleterre ; à la nuit tombée, je pensais à la fenêtre de Vincent, et à la mienne sans moi. Des larmes silencieuses coulaient sur mon oreiller, je faisais tout pour me cacher. *Why are you crying ?* m'avait demandé Cannelle un soir. J'avais eu envie de l'étouffer, mais au lieu de ça, je lui avais confié mon désarroi ; elle ne comprenait pas. Selon elle, il valait mieux être bilingue qu'en couple.

Je croyais que nos rendez-vous à la fenêtre dureraient toujours. Je ne m'attendais à rien d'autre. Nos fenêtres ont toujours été là. Témoins de notre timidité, de nos hésitations. Témoins de notre relation naissante. Témoins de nos années collège et lycée. Elles ont tout vu, tout entendu, tout supporté : les déclarations d'amour avortées, les bilans de nos journées et les soirs de bouderies. J'ai parfois pleuré au pied de mon chien-assis, en boule, le nez enfoui dans mon col roulé. Je ne pouvais pas pleurer ailleurs au risque que Vincent ne me retrouve pas.

Mais jamais je n'ai pensé qu'un jour nous quitterions notre village. Quand, un matin de l'année 2001, Vincent est parti à Nantes afin d'intégrer une école d'ingénieur après l'obtention de son baccalauréat, sa fenêtre ne s'est plus ouverte. Les volets sont restés clos. De temps en temps, je vérifiais. Sait-on jamais. Parfois, mon cœur se soulevait, un instant j'y croyais, et puis j'apercevais Anouk en train de faire le ménage. Je n'aimais plus ma chambre.

10.

Sur le parking, je découvre ma voiture : un bouquet de ballons de baudruche blanc et rose a poussé à l'arrière, sans doute à l'initiative de Chloé et Andrew, qui ont dû briefer les demoiselles d'honneur.

Je tapote le caoutchouc du bout des ongles en attendant mon frère et ma grand-mère qui doivent monter avec moi – enfin si Pierre parvient à mettre la main sur notre aïeule –, et je fais péter un ballon. Je tressaille, recule et entreprends plutôt de débarrasser le siège avant quand une voix m'extirpe de là, que je ne reconnais pas, ou pas tant. Du temps est passé sur cette voix, qui, après un *bonjour* un peu penaud, prononce mon prénom. Vincent ne m'a jamais appelée Manu comme la plupart des gens – ou Emma comme d'autres. Il a toujours dit : *Emmanuelle, parce que c'est comme ça que tu t'appelles*, et moi, sans cesse, ça me vexait. Ceux qui m'appelaient Manu manifestaient une certaine intimité, me prouvaient combien ils se sentaient familiers avec moi, et j'ai toujours pensé que la distance que Vincent et moi n'avons jamais réussi à briser était celle qui se situait entre Manu et Emmanuelle, une distance d'exactement six lettres. Entre sa fenêtre et la mienne, il y avait exactement six lettres, et c'est sans préciser qu'en partant si loin, à Nantes, il nous a collé des milliards d'alphabets dans le cœur, pour ne pas dire ailleurs.

J'ignore comment me retourner mais il le faut. Pour l'instant, Vincent a vue sur mon derrière. Il l'a déjà vu un paquet de fois, et l'image me rappelle cette après-midi quand, gamine, j'avais voulu regarder ce qui gisait réellement dans l'énorme bac rempli de têtards – selon la rumeur – que son père conservait dans le jardin. Ce bac était bien plus grand que moi et, puisque je ne discernais rien, j'avais grimpé. Ma tête flirtait à deux centimètres avec l'eau et mon cul se tenait en l'air ; je ne savais pas comment redescendre, mon buste étant trop engagé dans la bassine. Jean et Jérôme riaient et personne ne daignait me sortir de là. Mais Vincent, mon héros, a fini par tirer sur mes pieds en flanquant son nez près de ma hanche, tout en me répétant :

— C'est pour la pêche, Emmanuelle, mon père va à la pêche !

À ce moment précis, je me dis que c'est pareil, que je lui évoque peut-être la fille de quatorze ans qui cherchait des têtards.

Déterminée, je me tords le cou, présente mon visage, réponds *bonjour*, et dans un silence extrêmement court qui me paraît durer mille ans, mes yeux regardent ses yeux, ses yeux regardent mes yeux. Il est le garçon que j'ai aimé terriblement, le garçon de mes cinq ans, de mes dix ans, de mes quinze ans, de mes vingt ans. Il est l'homme d'une dizaine qui m'échappe aujourd'hui, l'homme d'une autre femme, d'une autre vie, et j'ignore quoi lui dire. J'ai pourtant des tas de choses à lui dire. Nous nous sommes quittés sans trop de mots.

C'est lui qui se lance, et je ne peux m'empêcher de penser que c'est normal, que c'est toujours celui qui guérit en premier qui se lance en premier et jette quelques banalités de circonstance sur un parking. Longtemps, j'ai appartenu à son passé alors qu'il appartenait encore à mon présent. C'est là la différence, le fossé, c'est là son impulsion, *tu as fait bonne route ?* qu'il me demande. Alors je réponds que *oui, si ce n'est la Dacia à 110 sur la voie du milieu.* Il rétorque que ça devait être sa mère, même si nous savons tous les deux que ce n'était pas sa mère, et d'ordinaire, enfin avant, cette blague pourrie nous aurait fait rire parce qu'on aimait se moquer d'Anouk au volant, mais voilà, on ne rit pas, on est bien trop vieux et bien trop sérieux pour ça, et puis bien trop gênés de nous dévisager, lui dans un costume de commercial et moi dans cette robe qui me met à peine plus à l'aise que mes ailes de petite fée.

Je reprends ma respiration comme si j'étais en train de courir un semi-marathon. Je guette les banderoles sur le bas-côté, une équipe dédiée à m'encourager, des témoins disposés à me pousser. Personne n'est là, pas même mon frère. Puisque je ne trouve aucune prise et que le vent ne souffle pas dans ma direction, je lui pose la même question :

— Et toi, la route depuis Genève ? Tu es arrivé hier ?

— Oui, hier. Ça a été, si ce n'est que les enfants ont demandé plusieurs fois *quand est-ce qu'on arrive ?*

Sa réponse le satisfait, j'ai même le sentiment qu'il se trouve un peu marrant, alors je lâche un petit rire forcé et franchement étriqué, mais j'ignore quoi répondre, car me concernant personne ne m'a demandé *quand est-ce qu'on arrive ?*, si ce n'est moi-même, alors c'est exactement ce que je réponds, que moi aussi je me suis posé la question quand le périphérique était noir de monde et que pour tenir bon, j'ai mangé un sandwich.

De toute évidence, c'est lui qui enchaîne, pas forcément dégourdi mais visiblement plus que moi. Nous discutons en surface du cadre, de monsieur le maire, du domaine que nous allons découvrir. Et alors que Sandrine débarque, un enfant dans les bras et l'autre qu'elle tient par la main, Vincent me fixe une dernière fois, une énième dernière fois, le regard troublé et profondément gentil, et me dit dans la précipitation :

— C'est con quand même, tout ça.

Et alors ses pupilles flanchent, comme épuisées après tant d'efforts.

11.

On devait avoir quinze ans, peut-être seize. Anne-Sophie, qui habitait également sur la placette et était officiellement ma *meilleure copine,* insistait pour que Vincent et moi nous rapprochions. Ça l'excitait plus que ça ne m'excitait : j'avais une trouille immense à l'idée d'effleurer l'objet de mes rêveries, convaincue que pour ça j'avais la vie devant moi. Ma vie ne se déroulerait pas sans Vincent, Vincent serait toujours là. Il pensait certainement la même chose. Mais sous les missives d'Anne-Sophie qui pouvait se montrer menaçante tant l'amour lui tenait à cœur, Vincent a fini par me retrouver une après-midi dans les bois. J'enjambais les saute-moutons du parcours de santé, un de mes passe-temps préférés. Il s'est avancé vers moi d'un pas sûr et presque inquiétant, rouge comme un coco, rouge comme un ciel qui n'a pas tout dévoilé, et m'a jeté :

— Je t'aime, Emmanuelle.

Ça sonnait joli, vrai, ça sonnait du fond de son ventre. J'ai bien vu que ça lui demandait tous les efforts du monde et qu'il en avait marre, lui aussi, de composer avec la fenêtre, les constellations, ma sœur en introduction.

J'ai pris peur, tellement que je me suis retournée, parce que c'était plus facile de l'écouter de dos, du moins de l'écouter sans le regarder, sauf qu'il n'a plus rien dit, attendant que je lui renvoie la balle, et puisque le silence nous séparait bien plus que mon allure de jeune fille méprisante, j'ai fini par partir en accélérant le pas.

Une semaine plus tard, ma professeure de français nous livrait pour consigne de réaliser une rédaction basée sur nos émotions. J'ai raconté cette histoire, obtenu la note de dix-neuf. Je n'ai pas eu vingt sur vingt parce que mon texte était trop long. Dans la marge, il était annoté : *Songez à écrire, vous faites ça très bien.* Alors, dans mon journal, chaque soir, j'ai griffonné mes regrets et ma douleur, mon amour pour Vincent et ma lâcheté, j'ai déprécié mon attitude et mon incapacité à rester de face, à répondre ce qu'il aurait fallu répondre quand il fallait répondre, à tendre les lèvres pour un baiser, à plonger dans ce que ma jeunesse avait de plus beau à m'offrir : cette histoire d'amour dont j'attendais tout et dont j'ai refusé le premier pas.

Bien évidemment, Vincent a pardonné. À quinze ans, on ne se froisse pas pour une déclaration d'amour non réciproque, d'autant plus quand on sait les sentiments réciproques. Plusieurs fois, il s'est jeté à l'eau ; il a humidifié sa nuque pour éviter le choc et il a fait un pas vers moi. Chaque fois, je paniquais ; chaque fois, je gâchais tout ; chaque fois, je me blâmais. Même quand Vincent se lançait depuis sa fenêtre, je trouvais le moyen de disparaître ; je racontais que mes parents m'appelaient, *je dois aller mettre la table, désolée.* À cette période, le sort s'est acharné, à moins qu'il n'ait choisi d'éviter une série de catastrophes : un jour, des échaudages ont encerclé la maison de Vincent. Pendant un mois, il n'a pas pu ouvrir sa fenêtre, ni même ses volets. Je maudissais Michel et sa grande idée de retaper la toiture. Mais, dans le fond, ça m'arrangeait un peu. Je n'avais plus à affronter Vincent et une nouvelle déclaration. Même quand il me proposait d'aller à la boulangerie, je ramenais mon petit frère. Avec Pierre entre nous deux, que je tenais par la main pour traverser les bois et qui comptait le nombre de pains au chocolat qu'il espérait acheter pour le quatre-heures, il ne pourrait rien se passer.

Mais je n'ai pas pu me défiler longtemps. En 1999, une violente tempête est passée par là. La forêt de notre lotissement a perdu de sa superbe mais nous avons gagné des bancs – la plupart des arbres ont fini à l'horizontale. Dès le lendemain, nous construisions une cabane en équipe autour d'un énorme tronc, jusqu'à ce que ma sœur, Pierre, Nicolas et les jumeaux désertent les lieux pour s'enquérir du goûter. Vincent et moi nous sommes retrouvés seuls, assis côte à côte. Il était venu à vélo et ses doigts grattaient les poignées en caoutchouc du guidon. Moi, je me grattais les avant-bras, stressée par la situation, consciente du chemin qui s'ouvrait à nous. Vincent s'est lancé, j'ai dit que moi aussi, je l'aimais. Je progressais. Cette fois, c'était bon, j'avais quinze ans et très envie de *sortir avec lui.* Nos visages se sont tournés l'un vers l'autre et nous nous sommes dévisagés à deux secondes d'un premier baiser mémorable. Je me souviens de mes prières : je souhaitais qu'un trou se creuse, j'espérais tomber dedans, disparaître à jamais. Ces prières contrastaient avec celles que je déployais tous les soirs – *pourvu qu'on s'aime, qu'on soit ensemble.* Définitivement, le jour ne m'allait pas, le soleil tapant sur nos peaux ne m'allait pas, la présence de Vincent ne m'allait pas, elle était tout ce que je voulais et tout ce que je redoutais, alors, quand ses lèvres se sont approchées des miennes et qu'une boule de chaleur a colonisé mon ventre, j'ai rétorqué :

— Est-ce qu'on peut faire ça demain ?

J'étais fière de ma porte de sortie, persuadée qu'à quinze ans, on peut bien programmer un baiser, surtout quand il s'agit du premier.

Le soir même, Vincent n'a pas ouvert ses volets. Le lendemain, il ne s'est pas montré sur la placette. Tremblante, je l'ai tout de même attendu sur notre tronc. Il n'est jamais venu. Deux semaines plus tard, des employés de mairie sortaient l'artillerie pour évacuer les débris de la tempête. Notre tronc a disparu, notre début d'histoire aussi, et quand j'ai raconté la scène du tronc à Anne-Sophie, je n'ai pas manqué de préciser que j'avais aperçu sous le short de Vincent, assis les jambes écartées, un slip jaune anis et que *c'était affreusement moche,* raison pour laquelle je n'avais pas pu l'embrasser.

12.

C’est con et je n’aurais pas dit mieux. Bien sûr que c’est con. Je ne sais pas quoi lui répondre. Sandrine est là, s’approche de moi, et me salue :

— Comment vas-tu, Emmanuelle ?

— À mon aise, dis-je en pinçant ma robe et en mimant une révérence que je regrette aussitôt. Et toi, tu vas bien ?

Sandrine est ravissante. Grande et rousse. Plutôt sûre d’elle. Et puis, surtout, elle est gentille. C’est une vraie gentille. Auparavant, je trouvais ça dommage : je n’avais rien à lui reprocher. C’est difficile d’estimer les gens que l’on voudrait détester. J’ai bien tenté de lui inventer des défauts pour médicamenter mon ego et me rassurer quant à l’inanité de leur histoire avec Vincent, mais rien n’y faisait. Dès que j’ai compris que la seule raison que j’avais de l’exécrer était son existence, j’ai pris conscience du même coup que Vincent l’aimait pour cette même raison : elle existait.

La première fois que je l'ai vue, je m'attendais à tout sauf à elle, et je n'ai jamais saisi pourquoi. J'étais bien au courant de son existence, d'une part parce que Vincent m'avait prévenue, *je crois que j'ai rencontré quelqu'un* – mais puisqu'il *croyait* seulement, une partie de moi doutait de la réalité de la situation –, et d'autre part, ma sœur en couple avec Nicolas me racontait tout, et dans ce *tout* il y avait cette fille qui s'installait doucement mais sûrement, et qui manifestement comptait rester. Et donc, ce jour-là, un jour d'été devant chez nos parents, tandis que je ne savais pas que Vincent passait par-là, je les ai aperçus tous les deux devant la maison, précisément sur la troisième marche du perron, ils discutaient, ils riaient, et moi je revoyais ce perron tant de fois guetté depuis ma fenêtre, ce perron maintes fois gravi pour aller chercher du beurre ou mon amoureux. Il m'a fait un signe de tête. À ses côtés, je n'ai distingué qu'un flou orange. C'était elle.

Je les laisse monter dans leur grosse voiture, elle aussi bardée de ballons. L'instant d'après, Pierre débarque avec ma grand-mère. Nous grimpons à bord, je démarre le moteur, mes mains tremblent sur le volant. L'exercice qui m'attend n'est pas bien compliqué : je n'ai qu'à suivre le convoi et à klaxonner toutes les dix secondes, alors j'appuie sur mon klaxon pour me défouler et je déballe le contenu de la conversation à mon frère à toute vitesse en insistant sur le *c'est con quand même.* Mon frère rétorque que (klaxon), de toute évidence, Vincent vit avec des regrets, que si j'en ai, il en a aussi (klaxon), que l'on n'abandonne pas sur la route et dans la boue autant d'années et de promesses, que l'on se demande toujours ce que l'on aurait pu donner (klaxon), que c'est humain parce que ce n'était pas rien, et alors je souris en louchant sur mon compteur et en défonçant mon klaxon un peu plus méchamment cette fois. Ce frère est un grand philosophe, une chance que je ne sois pas montée en voiture avec Joël.

Ma grand-mère, elle, ne comprend rien, et j'en viens à penser que nous avons tous une Laurence qui sommeille en nous. Je complimente mon frère pour sa fine analyse et lui expose un tas d'hypothèses. Il y a un monceau de trucs que Vincent peut trouver con, le Président, la vie, l'obsolescence programmée, les doudounes sans manches, la Dacia à 110, voilà, c'est sans doute ça, la Dacia à 110 et le périphérique un peu bouché. Mon frère n'est pas d'accord, parce que Vincent a dit *tout ça,* je réplique que, justement, ça peut être tout ça à la fois, mais Pierre n'est toujours pas d'accord, pourquoi réunir dans une même phrase *tout ça,* pourquoi un tel constat de la part de Vincent ? Non, selon lui, Vincent parlait de nous, et moi je pense que Vincent a peut-être mal dormi, que Vincent est peut-être blasé, nous ne pouvons exclure cette donnée, Vincent a toujours été comme ça, un peu las et grognon. Ma grand-mère nous interrompt, curieuse de savoir de quoi nous discutons.

— De qui, tu veux dire ? De Vincent, précise mon frère.

— Ah, d'accord.

Ma grand-mère bougonne que le grand Schneider, de toute façon, on l'a toujours vu faire la gueule.

Le domaine en jette. Anouk n'a pas fait les choses à moitié. Nous nous garons sur un vaste parking, le long d'une rangée de peupliers. Depuis les graviers que nous foulons, nous percevons une immense bâtisse et un ruisseau bordé de saules pleureurs. Plus près de nous se situe une dépendance. Un chapiteau blanc lui fait du pied. Dessous, les festivités commencent : une masse de silhouettes grouille et gesticule en clans.

Les invités découvrent de larges tréteaux qui supportent coupes et bouteilles de champagne, ainsi qu'une panoplie de petits fours élaborés. Sous les ordres de Chloé, le DJ lance la musique à l'arrivée des mariés : ils sortent de la voiture sur un air de Peter et Sloane, « Besoin de rien, envie de toi », ça a le mérite de faire sourire et de réveiller le déhanché de Miss Seine-et-Marne 1999 qui compte bien prouver qu'elle n'a pas vieilli.

Ma sœur me retrouve dans la seconde. J'ai l'impression que je ne l'ai pas vue depuis une éternité. Elle est beaucoup trop sollicitée et congratulée pour que je la suive, la colle, lui cause, alors nous échangeons quelques mots rapides. Elle est excitée comme une puce et sa couronne de fleurs a du mal à tenir l'équilibre. Je la replace, Avril ne moufte pas, me dit que tout ça est trop fou, magique, que ça passe vite et qu'elle ne veut pas que ça passe vite. Son débit est impressionnant, rien à voir avec le *doucemé* ; à cet instant, on lui tendrait une Knacki qu'elle en réclamerait une deuxième.

Elle me fait remarquer que Joël ne me lâche pas, à croire qu'elle ignore que c'est plutôt moi qui ne le lâche pas. Ceci étant dit, ma sœur mesure le trouble que génère en moi Vincent ou plutôt la perspective de le revoir. Nous en avons toujours parlé ouvertement, nous avons souvent soupiré face à cette belle-famille que nous aurions pu partager, mais aujourd'hui, prise dans sa journée, elle en oublie le passé et le drôle de schéma qui nous unit, alors que, précisément, c'est aujourd'hui qu'il me saute aux yeux.

— Bon, je te laisse, me dit-elle avant de rejoindre certains membres de sa belle-famille.

— Et moi je te trouve ! s'exclame Chloé qui déboule. Du champagne ? Tes mains sont vides, quelle horreur !

J'accepte. Elle me traîne près du bar et du serveur. Comme à son habitude, elle cause toute seule, commente tout à haute voix :

— Tu verras, la photographe est sympa. Elle est là-bas, regarde, elle vient d'arriver. J'ai déjà mal aux pieds, tu te rends compte ? continue-t-elle. Il y a beaucoup de gens qui s'aiment dans vos familles, c'est beau, ajoute-t-elle encore.

Chloé adore parler d'amour, c'est son sujet préféré depuis que nous n'avons plus vingt ans, depuis que l'amour n'anime plus nos journaux intimes et depuis que nos journaux intimes ne s'animent plus. Chloé parle d'amour avec le même enthousiasme qu'à l'adolescence, période à laquelle elle me posait une panoplie de questions sur les garçons parce que ma sœur n'osait pas m'interroger, alors elle le faisait pour deux.

Des années plus tard, elle revêt sa voix d'époque, une voix repêchée au fond d'une chambre rose aux posters de Roch Voisine, et elle me raconte sans transition les hommes rencontrés récemment, ceux qu'elle a failli aimer en route et celui qu'elle aime sans doute un peu. Elle me raconte tout ça avec les mains, elle est agitée, exaltée, parce que c'est souvent ce que l'amour provoque, de l'agitation, de l'exaltation, et parce que Chloé est une amoureuse de l'amour assumée, elle me dit :

— Moi, ce que j'aime dans l'amour, c'est quand tout est possible, quand ça sent le bouquet de roses le samedi matin et l'alcool le samedi soir, et toi, Emmanuelle, tu en es où depuis Vincent ?

Voilà, en amour, je n'existe que depuis Vincent. Vincent est le référentiel de mon vecteur sentimental, on me définit amoureusement selon lui et autour de lui, on me plaque cette équation sous le nez, je suis la donnée et il est l'inconnu. Quant au résultat, personne ne l'a, mais aujourd'hui et après tout ce temps, tout le monde le cherche encore.

Toujours est-il que, depuis Vincent, j'ai vécu plusieurs histoires d'amour, des petites, des grandes, des fortes et des sans-titre. Toutes sont ponctuées de dates. Je situe le début, le jour particulier d'une remise en question ou celui d'une rupture. Je sais les détails, les fringues que je portais, les métros que j'occupais et la saison qui flottait. Mes relations s'inscrivent sur un calendrier. Mais Vincent n'est nulle part, parce qu'il est partout. Un peu ici, un peu là, de mes cinq à mes vingt-trois ans. Nous nous sommes fréquentés presque vingt ans. Je dis souvent ça quand je parle de lui. Je l'énonce entre guillemets, je l'explique en cherchant mes mots. Je laisse un silence avant *fréquenter* parce que j'hésite, et puis je prononce le verbe un peu fort, comme s'il tombait du ciel et me piégeait malgré moi. Aussi, il m'arrive de préciser que Vincent représente vingt ans de ma vie, peut-être même davantage. Parce que j'y pense encore, j'y pense parfois. Le souvenir me saisit certains soirs ; il est plus lourd, plus musclé que moi. Quand j'en discute avec mon frère, il m'assure que c'est normal. Moi, je ne suis pas sûre. On a tous un amoureux d'enfance mais les amoureux d'enfance, ça ne s'impose pas, ça se résume. Des frissons de nostalgie dans la voix, on évoque une classe, une année, et puis on doute, on ne sait plus bien. Un amoureux d'enfance appartient à hier, il est de nos premiers émois, c'est joli et pas très encombrant. Mais, avec Vincent, c'est différent. C'est différent, peut-être, parce que ça a duré longtemps, très longtemps, parce que nous n'avons jamais haché nos sentiments, simplement leurs moments d'expression. C'est différent, surtout, parce que ma petite sœur et son petit frère s'aiment depuis douze ans, parce que je n'ai jamais pu éloigner mon amoureux d'enfance, parce que j'ai constamment été ramenée à lui, parce que son prénom a été prononcé des milliers de fois après notre séparation, parce que j'ai reçu, sans le vouloir, des nouvelles de lui. Les mains sur les oreilles pour ne pas entendre, j'ai pourtant tout entendu : Sandrine, les projets de vie, les grossesses, les accouchements, les déménagements. Vincent est devenu un acouphène, un bruit, une berceuse, une perceuse, une partie de moi impossible à faire taire.

Pour me laver de lui, je me suis souvent répété que si nous étions faits l'un pour l'autre, nous aurions vécu pleinement cette histoire. La timidité, la jeunesse et la distance ont bon dos. Croit-on sérieusement qu'Avril et Nicolas en ont été dépourvus ?

Je m'abandonne à quelques confidences, explique alors à Chloé que *depuis Vincent*, il y a eu des rencontres, et puis Pablo. Chloé veut tout savoir. Ses questions se bousculent. D'où vient Pablo ? Pourquoi ce prénom ? Je lui décris cette soirée à Paris, un appartement ordinaire chez des amis ordinaires, et puis le garçon dans le couloir avec qui j'ai discuté deux heures près du portemanteau. Il me parlait de son travail et je ne comprenais rien. Il m'a dit être courtier en assurance. Il partageait des chiffres et dessinait des courbes dans l'air en me disant *tu vois ?*, et je ne voyais pas bien, pensant en secret que ce garçon pas clair avait décidément tout pour me plaire ; d'ailleurs, il me plaisait déjà.

— Et il est où, ce Pablo, là ?

Je reprends mon laïus. Le mariage de la cousine. Les gens qui se marient toujours en juin.

Chloé est ravie pour moi. Elle aimerait le rencontrer, cependant elle ajoute que, quand même, c'est bizarre, son inconscient ne cesse de m'apposer à Vincent. À quelques mètres de nous, le concerné plante sa main sur l'épaule de Sandrine et conduit sa dulcinée jusqu'au bar. Furtivement, je croise son regard. Chloé me surprend et sourit en silence. Je sais ce qu'elle pense : que c'est bien pour Pablo et qu'elle n'a pas intérêt à prétendre le contraire.

13.

Les dimanches matin, très souvent, nous partions entre voisins faire du VTT dans la forêt de Fontainebleau. Vincent était un féru de vélo, toujours planté devant chez lui à tripoter son dérailleur armé d'outils à tous les doigts. Avril a appris à faire du vélo avec lui. Il la tenait, l'encourageait, et elle tournait en rond sur la placette soutenue par son maître. Le grand sapin en avait le vertige.

Mon père, Michel, et les autres papas de la placette se passionnaient eux aussi pour les deux-roues. À ce sport d'hommes, je m'accrochais. Je voulais, moi aussi, sauter les racines, suer dans les bois, profiter des ravitaillements et des quartiers d'orange que l'on calait sur nos dents avant de sourire bêtement. *Hey, Vincent, regarde !*

Pour être avec Vincent, pour ne pas passer un dimanche matin avec ma mère, ma sœur et mon frère, à surveiller un poulet dans le four et à étendre des machines dans le jardin, je suppliais mon père de m'inscrire à la prochaine randonnée. Le matin venu, depuis ma fenêtre, je surveillais Vincent et ses navettes du garage à la voiture. Du même coup, je voyais mon père accrocher nos vélos à l'arrière de la Renault 19. Parfois, il discutait avec Vincent : matériel, kilomètres à venir, météo, minute culture. Il arrivait que Vincent lui demande :

— Et Emmanuelle, alors, elle vient ?

Vincent m'espérait et, moi, j'étais fière d'avoir laissé planer le doute la veille à la fenêtre. Fière, aussi, d'espionner leur discussion, fière de constater qu'ils s'entendaient bien. Mon père validait le voisin, il appréciait mon amoureux, et puis mon amoureux lui ressemblait. *C'est œdipien ça,* avait souligné ma copine qui mangeait lentement un jour où je lui racontais mes souvenirs de vélo. Peu importe Œdipe, je savais Vincent capable de tout. Vincent était capable comme un papa. Toujours, il me protégerait, toujours il répondrait à mes questions, changerait mes ampoules, réparerait mon Walkman, me montrerait le chemin et le bon bus.

La tête haute et la queue-de-cheval basse – la faute au casque que je portais –, je fournissais des efforts considérables pour épater Vincent. Lui, il prenait un fin plaisir à m'encourager. Régulièrement, il m'attendait et roulait à ma vitesse. L'instant d'après, il accélérait, et, une fois devant moi, se lançait dans une série de prouesses. Il faisait le beau, le paon, comme aimait le dire le père de Chloé. Ça fonctionnait : il était si fort et si adroit que mon cœur explosait d'amour dans les descentes.

Dans les côtes, Vincent s'alignait à moi, posait une main dans mon dos et faisait mine de me pousser.

— Allez, Emmanuelle ! s'exclamait-il.

Le frisson était entier. Cette main dans mon dos a longtemps été notre plus grand câlin. Le jour, nous ne savions pas nous y prendre, sauf à vélo, et le vélo nous allait bien. L'exercice et les pédales nous empêchaient tout rapprochement supplémentaire. La route nous obligeait à filer droit, et, poète comme je l'étais à mes quinze ans, je me disais que l'amour c'était ça, c'était regarder dans la même direction, et que cette même direction, nous l'empruntions systématiquement dans la forêt de Fontainebleau. Nous l'avons empruntée des dizaines de dimanches à coups de trente bornes par-ci et de trente bornes par-là. C'était énorme, tous ces kilomètres, et mis bout à bout, finalement, ils restituent la distance qui nous a séparés quand Vincent a déployé les voiles pour l'ouest. Par la suite, j'ai continué, j'ai participé à d'autres randonnées VTT, comme pour n'éveiller aucun soupçon quant à mes faux intérêts à pratiquer ce sport, aussi pour que Michel, Jean et Jérôme – les jumeaux prenaient part certains week-ends – puissent éventer à Vincent mes exploits.

Aujourd'hui, je garde du vélo un cadeau de Vincent : un maillon de chaîne qui se voulait être un bracelet – en tout cas, je l'ai assimilé à un bijou, mais puisqu'il ne passait pas à mon poignet, je l'avais accroché à mon trousseau de clés. Je m'en suis débarrassée un soir de colère. *Je crois que j'ai rencontré quelqu'un.*

Je suis convaincue que l'adolescente en forêt de Fontainebleau n'aurait jamais cru à cette histoire de cadeau abandonné dans une boîte à souvenirs. À cet écho, elle aurait donné un coup de guidon et volé dans le décor : autant les chagrins d'amour sont plus faciles à vivre quand on sait qu'il y en aura d'autres, autant le premier paraît éternel. Je n'étais pas prête à rencontrer ce genre d'éternité.

14.

Après une première coupe de champagne et une conversation avec mes parents sur ma nuit de garde et mes deux heures de route, j'ai très envie de danser, mais j'ai surtout très envie d'aller voir Vincent. Je me vois l'approcher, le regarder de haut, lui demander très sûre de moi : *Alors tu trouves ça con ?* Parce que moi aussi je trouve ça con. Et alors je clignerais des yeux, et alors il me dirait que oui, que tout ça est très con, que nous nous sommes loupés pour rien et que ça se répare facilement, alors que si nous nous étions loupés pour tout, je ne t'explique pas le travail, les concessions, les compromis, les heures à discuter. Nous parlerions un peu de mon boulot et puis du sien, de ce que nous sommes devenus mais pourrions encore devenir, nous laisserions une porte entrouverte à coups de trois rires bien placés, preuve de notre complicité toujours vivace, et, décidés et complètement épris, nous envisagerions quelque chose de grand, de si grand qu'il n'aurait pas peur de changer de vie. Je lui dirais soudain que le concept de famille recomposée ne m'effraie pas le moins du monde, qu'aujourd'hui ça se fait très bien. Il me parlerait de Pablo, et, d'un revers de main, je rétorquerais que de Pablo, j'en fais mon affaire, et alors je me prendrais pour une fille belle et forte, capable de faire flancher en un regard l'homme de sa vie, parce que oui, l'amour peut se retrouver des années après, on met les mains dedans et on déterre, on remet tout sur le tapis et on se roule dedans, ah l'amour, c'est tout nous.

Sauf que non, bien sûr, je suis là et je ne danse pas, je n'ai pas dormi depuis bientôt quinze heures, je suis fatiguée. Sur place, je tapote du pied sur Julio Iglesias qui chante que *c'est permis d'aimer la vie et d'aimer l'amour, d'aimer la nuit, d'aimer le jour et de penser que c'est trop court.* C'est vrai que c'est trop court, un peu comme la jupe de Pénélope, la compagne de Jérôme, qui remue son corps à la manière d'un petit animal. Aussi raide qu'un cure-dent, je commence à me déhancher à mon tour, j'ai l'impression d'avoir soixante ans et le pied boursouflé dans ma chaussure. Rien à voir avec la fille belle et forte que je voudrais être. On fait avec ce qu'on a. Au loin, Jean m'adresse un clin d'œil tandis qu'il tente un pas à la Michael Jackson. Nous n'y sommes pas du tout. Une longue soirée nous attend. Il n'est que dix-sept heures.

Bon, il faut plutôt que j'aille discuter tranquillement avec Vincent, que j'essaie de comprendre ce qu'il a voulu me dire. Ou bien, au contraire, est-il plus judicieux que je reste à ma place, ma juste place, celle du souvenir bien droit et bien délimité qui se ravive à ce mariage *parce que ma sœur et ton frère*, et que je me fasse à l'idée que je suis une adulte amoureuse d'un Pablo, que cette histoire d'amour avec Vincent date de l'enfance et qu'il n'y a rien à déterrer parce qu'on n'y a pas enterré grand-chose. Un jour, si, quand même, on a enterré un truc, enfin mon cochon d'inde. Il faut dire que Vincent l'aimait bien, et souvent je parlais à mon animal de compagnie comme je parlais à mon journal intime, c'est peut-être pour ça que je me souviens très bien de lui, il était le divan de mes états d'âme, et, quand il est mort, il est parti avec un bout de ma relation adolescente. Au départ, il s'appelait Pinocchio, mais mes parents m'avaient suggéré de le rebaptiser le jour où notre nounou avait remarqué qu'il s'agissait *plutôt* d'une femelle, alors moi, naïvement, je l'avais prénommée Pinette, et personne ne m'a jamais rien dit du caractère vulgaire bien que mignon de ce prénom, même pas Vincent, qui lors de l'enterrement au fond de notre immense jardin s'était tenu à mes côtés sans un mot, et je n'ai jamais su si ce silence était le signe de l'indifférence ou de la peine, toujours est-il que nous avons vécu un moment fort.

Il faut donc que je reste à ma place et que je replonge dans mon quotidien, que je me raccroche à ma réalité, à hier, au repas vietnamien que nous avons partagé avec Pablo en listant les jeux les plus courants aux mariages. Nous avons fait des paris : lequel de nous deux n'échapperait pas au jeu des mollets ? Il ne le connaissait pas, et alors que je lui relatais le principe, j'avais une vision d'Avril les yeux bandés qui tâte les mollets d'une quinzaine d'hommes assis en rang jusqu'à reconnaître ceux de Nicolas. Pablo a rétorqué que c'était impossible. *Trop désuet, ce jeu, qui fait ça ?* Mais avec Avril, on ne sait jamais.

Au milieu de ces pensées, et alors que je me surprends à imaginer les mollets des jumeaux qui rient avec Pierre à quelques mètres de moi, je me pose une question gênante. Si Vincent m'aimait toujours, est-ce que je l'aimerais toujours. Je n'y mets pas de point d'interrogation parce que je n'attends pas de réponse. D'ailleurs, ma copine qui mangeait lentement racontait souvent que, si tous les hommes qui l'avaient aimée un jour débarquaient demain avec des fleurs, elle serait bien emmerdée.

— Ça peut réveiller tellement de choses, des fleurs. Tu imagines un peu, toi, tout ce que nous croyons savoir de nos sentiments et que nous ignorons dans la non-réciprocité ? sondait-elle.

Je crois que je comprends mieux cette question aujourd'hui. Pourtant, à quatorze ans, elle me taraudait déjà : je possédais une photo de Vincent et elle signifiait beaucoup. Je l'avais piquée dans un album chez mes parents, parce que nous avions autant de photos de famille que de photos avec les Schneider. Sur celle-ci, nous sommes nombreux, tous les enfants y figurent, aussi des chèvres, parce que Anouk adorait nous conduire au zoo de la région. J'avais découpé la tête de Vincent, le résultat était miséreux, carré, deux centimètres sur deux centimètres, et je gardais toujours cette photo sur moi que j'aimais parfumer, si bien qu'elle est devenue, au fil du temps, un simple morceau de papier mou et flou. Quand Vincent est parti à Nantes, je l'ai dissimulée dans une boîte suspendue à mon plafond, ça faisait très décoration de Noël ou Kinder Surprise, et j'avais fait une promesse à cette boîte. Si Vincent revenait un jour, je quitterais tout pour lui. Il est revenu quelques fois, il est revenu plusieurs fois car nous avons vécu notre histoire en plusieurs fragments, plusieurs débuts et plusieurs fins, jamais vraiment de milieux, et, chaque fois, je n'avais rien à quitter, ou presque rien. Et même si aujourd'hui je ne sais plus où sont la photo et la boîte, je ne peux pas m'empêcher de penser que cette promesse existe tant elle a pris mon esprit en otage pendant des années. Soudain, entre les bulles de champagne et le *c'est con quand même,* je me la remémore pour le simple plaisir de voir ce que ça fait, pour le simple frisson. J'ai l'impression d'avoir vingt ans et cent ans de sommeil en retard, donc heureusement, voilà Joël, meilleur supporter du monde, toujours là en cas de pépin, prêt à me sauver de ce boucan cérébral :

— Alors, Manu, on trinque ?

15.

Nous devions être en mai. Nous étions installés à nos fenêtres quand Vincent m'a annoncé qu'il était reçu dans une école d'ingénieur à Nantes. Moi, il me restait encore une année à tirer au lycée avant de décrocher mon baccalauréat. Je ne sais plus exactement comment j'ai accueilli la nouvelle, si ce n'est qu'au début, tous ces grands mots ne signifiaient pas grand-chose. Je ne m'étais jamais questionnée sur l'avenir, qui me paraissait loin. Et puis, Vincent pouvait être reçu mais refuser. Toutefois, il a précisé qu'il partirait bientôt, à la rentrée. Sans doute ai-je rêvé, aussi, de le rejoindre très vite. À Nantes, je pourrais faire médecine, et, après Vincent, là était ma seconde obsession : faire médecine.

Quelques semaines plus tard, Vincent organisait une soirée dans son jardin. C'était désormais *son* jardin ; une haie de thuyas nains émergeait de terre entre nos deux terrains. Nos parents n'étaient pas fâchés mais, puisque les enfants étaient grands, jalonner l'espace était de rigueur.

Lors de cette soirée, j'étais assise sur la grande table à manger, au centre de la véranda des Schneider – elle aussi était neuve. Mes jambes se balançaient et ma bière se vidait. J'observais Vincent rigoler avec ses copains. C'était la première fois que je découvrais ses amis : nous ne partagions jamais de soirées de ce type, seulement des moments avec nos frères, ma sœur et les voisins. Ce soir-là, nous fêtions ses dix-huit ans et son départ à Nantes. Sa valise était prête, moi pas tellement. À travers les vitres, les constellations dansaient au milieu de nos reflets ; la nuit nous dédoublait.

Durant la sauterie, un copain de Vincent aux cheveux longs a dégainé sa guitare et joué « Cendrillon » de Téléphone. Tout le monde l'accompagnait en chantonnant, même si les paroles restaient très approximatives. Anne-Sophie me regardait et souriait. Elle savait. Le prince charmant allait foutre le camp. Elle m'a rejointe sur la table. Sa tête s'est penchée sur mon épaule et ses cheveux blonds se sont mêlés aux miens très bruns. Toutes les deux perchées ici, nous sommes demeurées muettes. Nous nous y attendions. Un jour, nous aussi nous quitterions notre placette et nos bois, nos terrains de jeux et nos soleils d'été. Vincent ouvrait le bal. Nous pensions aux trains que l'on prendrait bientôt pour Paris, parce que Paris, c'était la « grande ville ». Je ne bronchais pas, mais moi, mon train, je le voulais pour Nantes.

Plus tard, nous avons joué au jeu du paquet ; le but était de jeter un paquet de cigarettes sur la table. Quand celui-ci tombait à plat, on buvait une gorgée ; quand il tombait sur la tranche, on désignait un buveur ; et quand, enfin, il atterrissait sur ses pieds, bien droit, on inventait une nouvelle règle. Au bout de deux heures, nous ne pouvions plus prononcer *oui* ou *non* au risque de boire, ni se nommer par notre prénom. Vincent me faisait boire, je le faisais boire, il me surnommait *ma chère,* un désir d'être un peu sentimental, un peu amoureux, mais ne sachant pas comment faire, parce qu'il était comme ça, un peu gauche en amour, et moi je l'appelais *le Nantais,* comme pour bien insister, parce qu'en amour, j'étais manifestement rancunière.

Vers minuit, les températures ont chuté. Nous avions froid malgré l'isolation de la véranda – de toute façon, la porte-fenêtre demeurait ouverte pour que se disperse la fumée des cigarettes. Anne-Sophie est partie chercher un pull chez elle. Vincent a saisi la guitare de son ami mal fagoté et j'ai décidé de m'approcher de lui. De ses doigts sur les cordes, il ne savait pas quoi faire, exactement comme en amour, alors il a attrapé son verre, nous avons trinqué, nos boissons se sont cognées, et de ce tintement, c'est moi qui ai souffert.

C'est là qu'il a attrapé ma main, qu'il m'a dit :

— Viens, je vais chercher un sweat.

J'ai dit *oui*, et comme le jeu du paquet était terminé, j'ai été exemptée de boire. Il faisait noir à l'intérieur, seul le téléviseur éclairait le salon ; Avril et Nicolas regardaient un film avec, entre eux, mon petit frère sagement assis. Michel et Anouk n'étaient pas là, ils étaient *chez moi*, avec mes parents, afin de nous laisser la maison, et j'avais beau connaître les lieux par cœur, je n'ai pas lâché la main de Vincent, je l'ai suivi à l'étage, dans sa chambre bleu garçon. Il m'a tendu son billet de train comme me prouver qu'il allait bien partir. Un aller, pas de retour. Près de sa commode gisait son sac de voyage plein de ses affaires. Je me répétais que Nantes n'était pas si loin, que Vincent n'avait pas choisi l'Australie ou même Pluton, peut-être même que la distance pourrait nous aider, nous donner envie d'être ensemble et pour de bon, comme si, finalement, il n'y en avait pas assez entre nous.

Je me suis approchée de sa fenêtre pour regarder la mienne, et j'ai photographié mentalement le paysage comme j'espérais qu'il le fasse. Il a avancé vers moi et a tripoté, tremblant, la manche de mon gilet. Ce soir-là, nous avons échangé notre premier vrai baiser et notre première nuit, c'était notre histoire en accéléré, nous avions perdu du temps et il ne nous en restait pas beaucoup, pourtant je priais secrètement pour que le temps ne nous manque jamais et que Nantes n'y change rien.

Nous étions maladroits. Nos corps se confondaient pour la première fois avec pourtant cette impression de se connaître depuis toujours. Il me serrait fort. Dans ses bras, j'étouffais, autant de peur que de plaisir, et les gouttes de sueur qui parsemaient son front et m'inondaient le visage me faisaient penser au slip jaune sur le tronc d'arbre ; je ne devais pas faillir, je me concentrais sur l'instant, sur nous, sur mon premier saut dans le vide aussi.

Par moments, un léger filet d'air circulait depuis sa fenêtre entrouverte et me caressait les paupières, paupières que je gardais fermées de peur de découvrir l'expression de Vincent en pleine fusion.

Dehors, la guitare traçait sa route et nous n'allions pas à son rythme. Ce soir-là, j'avais dix-sept ans, un semblant d'orgasme et le mal d'amour. Et tout ne faisait que commencer. Ou se terminer. Jolie petite histoire.

Le lendemain matin, au réveil, je me suis précipitée à ma fenêtre pour voir si Vincent était là. Ses volets étaient ouverts et lui devait être dans le train. Vincent s'était envolé, voilà, et à partir de ce moment-là, sa chambre n'était déjà plus la sienne. Il nous laissait toutes les deux et, mine de rien, je me sentais moins seule. Sa chambre devait encore porter de mon odeur, de ma présence, et cette bouteille de bière que j'avais abandonnée au pied du lit. La scène touchait à sa fin mais n'était pas tout à fait morte.

Je me suis habillée rapidement et j'ai couru à travers la forêt pour rejoindre Anne-Sophie. Elle vendait du pain à la boulangerie le temps d'un été. À midi, elle s'est dépêchée de fermer sa caisse – mon visage heureux mais triste l'interloquait –, et elle m'a questionnée sans respirer. En chemin vers la placette, je lui ai tout raconté, les tremblements, le gilet, l'amour, elle était complètement fan de mes confidences, parce qu'elle était comme ça et comme Chloé, amoureuse de l'amour, et parce que nous avions toujours rêvé du prince charmant ensemble. Elle le voyait à tous les coins de rue, je ne le croisais qu'à la télé, et pour une fois qu'il était entré dans ma vie, il fallait qu'il s'envole pour l'Atlantique.

Nous sommes rentrées chez elle, son enthousiasme pour mon histoire réveillait mes espoirs. Dans sa chambre, nos fesses en tailleur sur la moquette, elle a allumé des bougies en forme de macarons. Nous étions dimanche midi mais Anne-Sophie s'en foutait. Elle m'a demandé ce que ça faisait *un garçon qui rentre en toi.* Avec toutes ces flammes autour de nous, je me croyais en plein confessionnal. Nous abusions de métaphores, de la même façon qu'elle m'avait expliqué un jour, en léchant une glace à la vanille, que *c'est comme ça qu'on embrasse un garçon mais en moins froid.*

Je lui ai dit que j'étais triste, que Vincent était *déjà* parti, alors elle a mis « Cendrillon » à fond parce que son père avait le compact-disc, et elle a rétorqué, par ailleurs, que *le garçon qui chantait « Cendrillon » hier soir était vraiment pas mal.* J'ai appris ce jour-là que son prince charmant pouvait avoir les cheveux longs.

Après ça, elle m'a sommée de me lever, m'a poussée à danser. J'avais le vertige et du sang dans ma culotte. Cette scène marquait un tournant. On ne sait jamais dater les changements. Personne ne sait dire quand il est tombé amoureux ou s'est aperçu qu'il n'aimait plus. Personne ne peut affirmer avoir quitté son enfance un lundi de novembre. Pourtant moi, je sais que j'ai quitté la mienne ce week-end d'août entre la chambre de Vincent et celle d'Anne-Sophie.

16.

Joël insiste pour me resservir une *coupette*, parce que Joël dit *coupette. T'en fais une tête,* qu'il ajoute. Je suis à deux doigts de lui confesser que c'est avec le grand Schneider que j'ai perdu ma virginité, et que c'est justement ce à quoi je suis en train de penser, mais je n'ai même pas besoin d'aller sur ce terrain que Joël se lance, fasciné comme il est par mon travail de gynécologue :

— Et sinon pas trop dur de voir des foufounes toute la journée ?

Il rit tout seul, et je fais mine de rire comme si c'était outrageusement marrant. Je suis même à deux doigts de me taper le ventre. En réalité, je ne l'écoute qu'à moitié, j'observe Vincent, son allure, sa fille, et puisque c'est fâcheux d'observer sa fille et d'y confondre mes traits en me demandant ce que nos enfants auraient pu donner de beau ou de moins beau, je maintiens mon port de tête à bonne hauteur, celle du mètre quatre-vingts de Vincent. Je ne suis pas sûre de le trouver séduisant, mais quand même un peu, mais quand même moins que Pablo – Pablo a énormément de cheveux. Pendant que mes yeux se perdent dans mon adolescence et ont du mal à faire le pont entre hier et aujourd'hui, Joël continue de surfer sur ses blagues de cul, celles qui le caractérisent tant, et je m'efforce de tomber dedans pour écarter Vincent de mes pensées, *c'est con quand même, c'est con quand même, c'est con quand même,* sauf qu'à cet instant, je n'ai plus tant besoin de Joël, j'ai besoin de discuter avec Vincent, de comprendre, alors je respire et me décide à l'approcher, à faire un pas, mais c'est Chloé qui me surprend avant, comme une tornade :

— Au fait, mon tampon ? J'ai oublié de te demander quand on parlait de Pablo.

Je trifouille le fond de mon sac et lui dégote son morceau de coton malmené, elle me remercie deux fois et moi je pense à Anne-Sophie, aux bougies macarons, à cette façon que nous avions de danser. Je partage ce souvenir avec Chloé, qui, pleine de ressources, me dit :

— Attends, j'irai voir DJ Rob' tout à l'heure, il va nous mettre du Téléphone.

Je réponds que *ce n'est pas la peine,* même si Cendrillon, pour ses trente ans bien tassés, est indéniablement la plus perturbée des invités.

Je me ressaisis, ne sachant pas combien de fois je vais devoir me ressaisir ce soir, et j'entreprends d'avancer vers Vincent. Il est seul, c'est le moment rêvé, attendu, le moment d'exposer que *c'est con quand même.* Il me regarde arriver comme s'il espérait que je prenne bel et bien cette décision et m'accueille d'un sourire réservé. Je cherche une phrase d'accroche et je ne trouve rien de mieux que de dire : *C'est con, le temps se couvre,* pour balancer le mot-clé, celui qui le fera réagir et reprendre là où il en était quand Sandrine nous a coupés. Il secoue la tête dans le bon sens, lui aussi sait faire ça, puis renchérit que c'était annoncé, que la météo ne s'est visiblement pas plantée. J'ai envie de me cogner le front, voilà qu'on parle météo, qui sommes-nous aujourd'hui pour parler météo alors qu'il y a vingt ans, on parlait constellations – niveau ciel, on était plutôt romantiques. Mais nous sommes déjà vieux, ou bien nous sommes des étrangers. Je veux bien parler météo avec Monique ou Joël, Anouk ou Michel, et même avec mes parents ou Jérôme, mais pas avec Vincent, non, nous avons bien des choses à nous dire, des choses qui pourraient être plus passionnantes et plus vertigineuses. Tout ça me tend mais je ne parviens pas à sortir de cette conversation, je réponds que *les températures ne faiblissent pas pour autant,* et que *demain, ça devrait aller* ; et je pense à Joe Dassin – *la pluie, le beau temps, ça n'a rien de génial, mais c'est bien pour forcer son étoile* –, alors pourquoi pas, je peux bien forcer mon reste d'étoile en ajoutant qu'*on devrait avoir un bel été*, et Vincent de réciter ce dicton : *Qui en juin se porte bien, au temps chaud ne craindra rien.*

Les jumeaux et leurs compagnes intègrent notre duo. Jérôme, toujours très organisé et prévoyant, nous informe que l'heure des photos approche, qu'il va falloir quitter le chapiteau et simuler quelques *cheese.* Pénélope rigole comme si c'était hilarant et lui frappe le bras d'un air de dire *mon grand, qu'est-ce que tu es drôle*, tandis que Jean me regarde, désolé. J'ignore s'il est désolé parce que sa belle-sœur est lourde ou parce que son troupeau a accidentellement abrégé mon entrevue avec Vincent, alors je lui souris pour lui signifier que ce n'est pas bien grave, on parlait météo. Jérôme s'éloigne en direction du bar, suivi de près par Pénélope habillée d'un rose bonbon agressif, et murmure qu'il nous tiendra au courant, et ça, c'est du grand Jérôme. Jérôme termine toujours ses phrases par *je te tiens au courant*, ou *je vous tiens au courant*, personne n'a jamais su de quoi exactement, de quoi on devait se tenir au courant dans nos petites existences, qui plus est quand nous étions enfants et que nos journées consistaient à jouer à chat et à dessiner des marelles, si bien que lorsqu'il prononce cette phrase, Vincent jette un coup d'œil vers moi, à deux doigts de se marrer, comme s'il était au bord de la falaise du rire, et je prends cette image, ce brin de connivence qui me rappelle que nous aimions nous gausser de Jérôme, que parfois nous fermions nos fenêtres avec cette expression, *on se tient au courant*, mais que c'est devenu nettement moins marrant quand, des années plus tard, lui à Nantes et moi à Paris, il me disait au téléphone ou par e-mail : *Je ne sais pas quand je viendrai à Gré, je te tiens au courant*. Pour l'heure, je songe que nous n'avons pas le choix, que finalement ce sont nos proches qui nous ouvrent la voie, et que si nous n'avions pas à nous moquer, nous ne saurions pas quoi nous raconter, alors je réponds à Jérôme : *Tiens-nous au courant*, comme pour relancer le regard de Vincent, mais je ne relance rien du tout. Il ne faut jamais abuser des bonnes choses.

L'arrivée de Laura et de Julien, le frère de Chloé, me sort de ma torpeur et fait fuir Vincent et les autres. Ils ont l'air excité de se retrouver, ils jactent, ils jactent, et je me demande pourquoi ils viennent à moi tant ils sont engloutis dans leur discussion, tandis que je regrette l'absence d'Anne-Sophie, qui vit désormais au bout du monde avec un garçon aux cheveux mi-longs.

Laura et Julien n'ont pas beaucoup changé, je les examine et ça me perturbe. Julien a toujours ses grands yeux verts, ses yeux qui plaisaient aux filles et surtout à Anne-Sophie. Mais Julien n'aimait pas tant Anne-Sophie, les macarons, tout ça. Julien est devenu chef dans un chouette restaurant, on s'est croisés quelques fois à Paris, nous n'avions plus grand-chose à partager, mais j'aimais bien me pointer dans le bar où il bossait pour se faire un peu d'argent durant ses études. Je l'observais s'affairer, faire le beau, verser la fin de mon verre de vin dans le nouveau avec dextérité. *On ne gaspille pas, madame !* Quand il se faisait tard, il me parlait galaxie, univers, et ça me ramenait à Vincent. Pourtant, Julien ne savait pas, mais qui sait ce qu'il avait entendu depuis son Velux ? Laura, elle, a troqué ses cheveux longs de deux mètres contre une coupe garçonne et ses grosses lunettes contre des lentilles. Son sourire est solaire, et je crois bien que sa carrière l'est tout autant. Avocate, mondaine, intéressante. Je leur lance, rapport à mes pensées, que la placette ne s'en est pas trop mal sortie, et alors ils rigolent.

— C'est bien vrai ça, regarde-nous !

Je les revois avec leur cartable, je revois nos trajets jusqu'à l'arrêt de bus les matins où nous avions cours à la même heure, je revois cette masse d'adolescents qui marchait têtes baissées et commentait le programme télé de la veille, les profs de maths, les séances de sport, la boum de samedi, les vacances qui approchent et le froid polaire de décembre. C'est fou comme mes souvenirs sont réels, fou comme le temps passe, fou comme il n'est pas sympa. J'ai envie de nos vieilles dégaines, de nos raies au milieu, de retrouver la douceur du mois de mai, et plus exactement du *doucemé*, et pour me consoler, je me dis que la douceur du mois de juin 2019 n'est pas trop mal non plus, même s'il est vrai que ça se couvre.

17.

8 septembre 2001, 23 h 23

Salut Emmanuelle,

je suis bien arrivé à Nantes. Ma chambre d'étudiant est sommaire : un lit, une table, un lavabo. Pas grave, je ne compte pas y passer l'essentiel de mes journées. J'ai démarré les cours. Je m'attendais à ça. Tu pourras venir me voir quand j'aurai pris mes marques. Sinon, une nouvelle pour toi en exclusivité (je n'en ai même pas parlé à mes parents) : je rentre dans trois semaines, pour le week-end. Je te tiens au courant.

VS

Vincent était parti. Vincent m'écrivait. À ce moment-là, je ne savais pas encore que les e-mails rythmeraient majoritairement nos prochaines années. Je ne voyais pas très loin : tout ça ne durerait que quelques mois, Vincent rentrerait bientôt, et si ce n'était pas le cas, je le rejoindrais à Nantes.

La placette était cruellement vide de lui, mais nos jeux restaient les mêmes : son départ avait été tellement soudain que les autres continuaient de courir comme si de rien n'était. J'acceptais les chats perchés malgré mon âge : en secret, j'étais convaincue qu'un quotidien inchangé ramènerait Vincent comme par enchantement ; j'avais peut-être rêvé son départ et m'attendais à ce que mon amoureux réapparaisse d'un moment à l'autre.

Quand je me retrouvais à grimper les murs qui faisaient office de maison, je fermais les yeux un instant en projetant Vincent derrière moi. Une fois assise à ma place, les fesses sécurisées, la réalité me saisissait. Face à moi, des voisins essoufflés, des cris, des rires, et pas de Vincent. Quelques mois auparavant, il faisait partie du décor. Désormais, il n'était plus là. Il promenait ses guiboles à Nantes, je peinais à traîner les miennes sur notre goudron. Souvent, Anne-Sophie passait une main dans mes cheveux. C'était un geste de grande. Une part de moi adorait mon chagrin ; il était la preuve que j'entrais dans un nouveau monde, mais surtout, il faisait survivre Vincent. Je disais très sérieusement à Anne-Sophie qu'*il vaut mieux souffrir d'aimer que de ne pas aimer* en laissant des larmes s'échapper. Je les aimais publiques, ces larmes, parce que j'aimais le regard des copains et des jumeaux sur mes yeux rouges. Ils compatissaient enfin, et puisqu'ils compatissaient, je n'inventais pas l'amour, je le vivais.

À l'abri dans ma chambre, je me plaisais à me figurer le gris de l'Ouest quand le gris de l'automne frappait la région parisienne. On voit bien le même soleil, pourquoi ne verrait-on pas les mêmes nuages ? Depuis mon lit, j'ai imaginé Nantes, vécu Nantes. Je suis devenue une obsédée de Nantes. J'ai imprimé des photos de Nantes dénichées sur Internet, que j'ai toutes encadrées. Elles étaient petites, brouillardeuses, inutiles, ça aurait pu être Reims ou Troyes ou Caen que ça aurait été pareil. Peu importe, mes murs en étaient infestés. C'était ma façon d'être avec Vincent, mais les seuls moments où, vraiment, j'étais avec lui, c'était lorsqu'il rentrait dans notre village, environ une fois toutes les deux semaines. Les retrouvailles étaient toujours prévues et toujours timides, comme s'il ne s'était rien passé le soir de son anniversaire fin août, et elles s'engageaient chaque fois depuis nos fenêtres. Nous avions perdu l'habitude de discuter des heures, et nous étions gênés. Aussi physiquement : pour ma part, je m'obligeais à me tenir très droite pour dissimuler le mur derrière moi. Il était hors de question que Vincent mesure l'ampleur de mes sentiments. Face à lui, je feignais la force et la solidité, ne me plaignais jamais de son absence, ne grimaçais jamais quand il retournait à Nantes.

Malgré nos réserves, nous étions *à peu près* capables de nous frôler la main lorsque nous nous retrouvions dehors, à croire que nous étions montés très haut pour éviter d'atterrir trop bas. Cependant, ce n'était que le dimanche, à quelques heures de son départ, que nous osions enfin une accolade et un détour par la tombe de Pinette.

Tout compte fait, nous étions plus à l'aise à l'écrit, un peu comme nous l'avions été à la fenêtre. Les e-mails, c'était la nouvelle fenêtre, et, sans dire que j'étais contente de voir Vincent repartir, je dois avouer que la perspective d'une future conversation écrite m'apaisait à tous les coups.

Il m'arrivait parfois de regarder les garçons au lycée, attirée par les histoires de mon âge et entraînée par les copines qui abordaient la classe de terminale avec un entrain amoureux à toute épreuve. Mais, dans le fond, je me fichais de ces garçons. Je vivais avec la conviction de connaître le véritable amour. Les garçons étaient petits et moi j'étais bien plus grande. Je préférais naviguer dans mes souvenirs et mes étés avec Vincent, et plus particulièrement notre dernier été. On se retrouverait *bientôt*, et cette certitude m'aidait à redresser la tête dans le bus ; nous étions plus forts que les circonstances, et surtout bien plus forts que les autres. L'avis de mes copines ne m'interpellait plus tant ; elles partaient du principe qu'il était temps d'oublier Vincent. Seule Anne-Sophie me racontait ce que je voulais entendre, alors je l'entendais : pour elle, rien ne pourrait nous séparer, Vincent et moi. La vie l'avait mis sur ma route, du moins sur la placette, et ce hasard était bien trop gros pour qu'il en soit autrement. Nous en parlions tous les jours avec un sérieux sans limite, comme si nous maîtrisions les relations humaines au point de les appréhender dans leurs moindres virages, sans prendre conscience, jamais, que nos propos relevaient de la candeur d'une enfance à laquelle nous étions incapables de renoncer.

Lors des dîners avec les Schneider, nous n'étions plus onze autour de la table, mais dix. Je me sentais privilégiée, quelque part, d'être avec la famille de Vincent, de connaître ses parents comme je les connaissais, de fréquenter ses frères, de passer du temps avec eux. Quand j'informais Vincent par e-mail que nous avions organisé une raclette, j'espérais qu'il manifeste une once de tristesse, une frustration, mais aussi une certaine fierté, celle de me savoir avec ses proches, et de constater par la même occasion que notre relation était portée par cette étonnante configuration. Parfois, je me disais même qu'il ne pourrait jamais me quitter, comme si nous avions bien trop d'attaches, de points communs, comme si le simple fait de manger avec ses parents revenait à avoir quarante balais, trois gamins, dix ans de meubles et trois crédits sur le dos ; ça rendait la séparation difficile, ça menottait l'histoire, et ça me rassurait.

Anouk a toujours été très spontanée, alors souvent elle lançait entre le fromage et le dessert : *Alors, il te manque, ton amoureux !*, et moi je rougissais, je n'osais pas répondre, j'espérais que la télé en fond couvre notre échange. Évidemment, ce n'était jamais le cas, et mes parents me fixaient, confus pour moi mais terriblement attendris. Je répondais toujours que *ça va,* alors que ce n'était pas véritablement une question, mais garder le silence me paraissait pire que tout. Dans le silence, on aurait pu lire que *ça ne va pas du tout, il me manque trop, surtout qu'on a fait l'amour pour la première fois il y a quelques semaines et que je suis triste,* le tout sur un panneau clignotant qui s'exciterait à chaque voyelle. Bien sûr, mes parents n'étaient pas dupes : autant pour la première fois, ça ne pouvait pas se savoir – d'ailleurs, je repoussais éternellement une conversation sur la contraception avec ma mère afin qu'elle n'opère aucun rapprochement, *ah oui, tu veux prendre la pilule, c'est parce que tu as fait l'amour avec Vincent le 27 août dans sa chambre aux alentours de minuit ?* –, autant pour mon cœur d'adolescente meurtrie, il suffisait de franchir le seuil de ma chambre pour se croire à Nantes et penser que *la pauvre, son chagrin est tel qu'elle essaie de se téléporter.*

18.

Nicolas et Avril passent de cercle en cercle pour mobiliser les foules : c'est l'heure des photos. Je suis étonnée que Jérôme ne nous ait pas tenus au courant.

Ma sœur se départit un instant de sa mission et marche d'un pas pressé vers Pierre et moi. Mon frère tapote le bout de son nez et me souffle que ça sent le conciliabule. Il a raison. Avril ouvre grand les yeux, comme pour annoncer que l'heure est grave. Elle l'est, mais toute mesure gardée : ma sœur a très peur d'avoir *une tête de cul* sur les photos. Les grossièretés dans la bouche d'Avril sont exquises ; elle qui est si douce et prudente d'habitude. Je la rassure, replace une nouvelle fois sa couronne bancale, et Pierre lui dit qu'*au pire, Nicolas posera sans toi.* Elle lui cogne l'épaule, un peu complice, un peu tendue, et nous entraîne à l'extérieur pour ne pas sortir seule.

La photographe est en place. *La famille de la mariée pour commencer*, ordonne-t-elle, alors Pierre et moi raccrochons les Dijon, mes parents, les cousins, Laurence, Joël, Miss 1999, Jacqueline, Monique et toute la clique. Je tombe sur mon grand cousin Fabrice – le fils de Laurence, que je n'ai pas vu jusqu'ici. Il m'enlace parce qu'il est très tactile, et me dit que *c'est dingue, il faut attendre les photos pour se dire bonjour, il y a beaucoup trop de monde à ce mariage.* Nous papotons jusqu'à ce que la photographe nous recadre comme deux mauvais élèves :

— Les deux pipelettes en costume noir et robe corail, vous êtes disponibles ?

L'installation devant le saule pleureur est laborieuse. Entre les petits et les grands, chacun cherche sa place. Je suis renvoyée au fond et tant mieux ; l'idée d'être observée par Vincent m'incommode. D'ailleurs, j'ai toujours été pleine de gratitude pour notre année d'écart. J'aurais détesté être dans sa classe et faire un exposé sur *les différentes races de chats* devant lui. Si j'ai échappé à cette honte, je me suis tout de même retrouvée plusieurs fois face aux jumeaux, ce qui pour moi relevait du même enfer : rouge au tableau, je ne pensais qu'à ça, au moment où Jean et Jérôme rapporteraient à Vincent les détails de ma misérable performance, mes bégaiements et mes hésitations. Je crois qu'en réalité, Jean et Jérôme s'en contrecarraient mais mon imagination m'empêchait parfois de dormir, tandis que, pour me venger *au cas où*, il m'arrivait de raconter à Vincent les piteux oraux de ses frères.

La photographe encourage l'assistance à émettre un *money*, parce qu'il paraît que le *money* relâche grandement la mâchoire et dessine des sourires plus francs que le célèbre *cheese*. Je n'ose pas obéir de peur d'avoir l'air cruche. Mon père, à côté de moi, réussit par je ne sais quel moyen à remarquer ma fausse impassibilité et me dit :

— Allez, *money* Manu.

Je fais *money*, enfin un demi-*money*, et mon frère me glisse discrètement que tous ces *money* donnent l'impression que nous sommes en train de faire la manche. Moi, je cherche Vincent des yeux, consciente que croiser son regard à cet instant entraînerait un malaise, mais visiblement, j'ai bien fait, du moins je n'ai pas mal fait : il est en pleine discussion avec son père.

L'instant d'après, c'est au tour des Schneider de poser, et puisqu'il y a toujours un clown de service dans ce genre de sauterie, un mec d'une quarantaine d'années crie *fromage*. Tous les Schneider rigolent, sauf ma sœur au premier plan qui n'apprécie pas trop le non-respect des règles. La photographe commente d'un *je m'y attendais, on reprend, money*.

Vincent est parfaitement discipliné, et je suis étonnée par sa capacité à être naturel, on lui dit de faire *money*, il fait *money*, et je songe que s'il était un tantinet troublé par ma présence et par tout le passé que ce mariage remue à mille deux cents tours minute, il arborerait lui aussi un demi-*money*, parce que la situation est inévitablement gênante, quand, au milieu du public, déambule son premier amour.

Le plus terrible survient lors de la photo des proches. Nous sommes agencés par la photographe pour *un résultat harmonieux*. Je me retrouve à côté de Vincent qui lui-même se trouve à côté de Sandrine, et c'est drôlement ironique, lui entre les deux femmes de sa vie parce qu'il n'en a pas eu mille, même si je n'ai jamais été la femme de sa vie, quoique forcément un peu. Un jour, il m'avait avoué que, parce que j'étais sa première fois, j'avais laissé ma *marque*, voilà je suis sa *marque*, Vincent se tient au milieu de sa pacsée et de sa marque. À ce moment-là, je regrette Pablo. Moi aussi, j'aurais aimé me tenir entre *ma marque* et mon présent. Moi aussi, j'aurais aimé parler avec Vincent dans ma tête et avec Pablo sur la photo, et tenir l'équilibre entre l'hier et l'aujourd'hui.

Enfin congédiés par la photographe, Pierre et moi quittons le groupe et rejoignons Julien et Laura qui nous avouent être vexés de n'apparaître que sur une seule photo – la photo générale.

— On aurait bien aimé une photo de la placette, lance Laura.

— Faire venir la placette jusqu'ici, ça n'aurait pas été facile, soumet mon frère.

Pourtant, moi, j'ai le sentiment que la placette est là. Admettons qu'il manque un plot de béton ou deux. Pour le reste, ça colle. Nos présences faisaient la placette, davantage que nos maisons. Bien sûr qu'un décor à l'identique fondu à un semblant d'époque achèverait l'illusion d'y être, mais j'y suis malgré tout. Les tenues vintage de mes parents orientent certainement l'appareil brinquebalant de mon voyage mais je reconnais d'autres pilotes, d'autres visages, parce que les visages n'ont pas tant changé. Nous vieillissons de partout, mais peut-être pas du regard. Je reconnais les regards de Julien et de Laura. Je reconnais aussi celui de Vincent, peu importe le temps qui s'est écrasé dessus, sans concession aucune. On ne négocie pas avec le temps et moi je ne parviens pas à négocier avec cette impression d'une placette réhabilitée, d'une jeunesse qui profite de ce terrain de jeu pour se pavaner devant moi. Voilà pourquoi j'en suis là, à plonger tête baissée, et sans que personne ne m'y incite, dans cette enfance qui s'érige et me nargue. Je dois respirer, me recadrer, projeter un lieu familier et actuel. Je pense à mon appartement, à la lampe dans l'entrée que j'allume toujours d'un coup de talon. Je pense à Pablo sur le canapé, rentré plus tôt que moi. Je pense à l'odeur de la cuisine et aux assiettes qu'il a pris soin de dresser avant mon retour. Je pense au balcon filant que nous sommes fiers de présenter en été mais qui ne sert qu'à ça, être présenté en été. Je pense à la lourde couette qui abrite nos corps depuis quatre hivers et étire nos dimanches matin. Les dimanches matin ont changé, j'aime autant les nouveaux que les anciens, j'aime autant ma chambre parisienne que les coups de pédale donnés dans l'enfance. Je pense à tout ça, à ma réalité, en essayant de ne pas négliger l'autre réalité. Les réalités peuvent bien se chevaucher, défier l'espace-temps et se superposer dans mon esprit, le plus important est sans doute de distinguer l'arrière-plan du premier.

Je reviens au premier plan : il nous reste une demi-heure pour boire du champagne ou du vin blanc pendant que les mariés filent pour leur séance photos de couple. Mais avant ça, Avril se greffe à nous, à sa bande d'enfance, et nous enjoint d'aller à la rencontre de Chloé avant que le vin d'honneur ne touche à sa fin, car Chloé va nous demander de *tirer au sort des petits papiers.*

— Des *petits papiers* ? interroge Julien.

— Oui, des *petits papiers* avec des descriptions, et vous devrez trouver à qui elles se réfèrent. Par exemple, si tu lis que *cette personne est une pro de l'escalade,* tu devras interroger tout le monde jusqu'à tomber sur la personne qui est une pro de l'escalade. Comme ça, au moins, vous allez faire connaissance avec des inconnus et vous mélanger. Après, tu remets le résultat à Chloé, et si tu as réussi, tu auras un cadeau.

— Des dragées ? demande Laura qui n'obtient pas de réponse.

Ces informations données, nous regagnons le chapiteau en quête de notre *petit papier*. Pénélope, qui marche à mes côtés, s'interroge, ou plutôt m'interroge :

— C'est quoi le rapport entre ce jeu et le thème du mariage ? C'est un mariage champêtre, non ?

Oui, de toute façon, c'était ça ou le thème des jeux de société, une passion de Nicolas, mais ma sœur n'était pas très emballée à l'idée de manger *rue de la paix* ou *gare du Nord* avec de faux billets en guise de serviettes. Sinon, il y avait bien le thème de l'amour pour mettre tout le monde d'accord, mais l'amour à un mariage, c'est un peu le principe, ça revient à organiser un mariage sur le thème du mariage. Non, définitivement, la nature et les épis de blé, c'est bien plus sympa.

19.

Après une poignée de retrouvailles hivernales, Vincent est rentré fin février à Gré pour l'anniversaire de Michel, selon la tradition. Il était né un 29 février et accusait difficilement *le fait d'exister une fois tous les quatre ans.* Les Schneider avaient toujours entrepris d'organiser une grosse fête pour berner le calendrier et les années bissextiles. Chaque fois, Michel trinquait de bon cœur, fier d'emmerder sa date de naissance. Et toujours Anouk rouspétait – *tu es vulgaire, Michel* –, mais puisque Michel était vulgaire une fois par an, on s'en accommodait plutôt bien.

Cette année-là, par sympathie ou par pitié – je ne m'étais toujours pas téléportée à Nantes –, Anouk m'avait proposé de l'aider à préparer le buffet. Nous avons passé l'après-midi dans sa cuisine à beurrer des moules et à préparer des cakes en écoutant RTL. Avril et Nicolas, qui avaient quinze ans, accrochaient des guirlandes et des lampions dans la véranda. De temps en temps, Anouk tentait une intrusion et me demandait, toujours avec ce même enthousiasme, si j'avais hâte que Vincent arrive. Elle répétait toutes les cinq minutes : *Son train atterrit à dix-sept heures, tu viendras avec moi le chercher à la gare,* et Jean et Jérôme, qui nous écoutaient depuis le salon, rectifiaient en chœur : *Un train, ça n'atterrit pas, maman.* De cette rengaine, je me souviens très bien. De la même façon, je me souviens parfaitement du trajet en voiture jusqu'à la gare et de l'allure de Vincent avançant vers le Berlingo avec un sac sur le dos. Mon aventurier revenait. Il m'a semblé qu'il avait changé, peut-être grandi. Pourtant, nous nous étions vus un mois auparavant. Entre-temps, nos e-mails étaient restés les mêmes, plus ou moins laconiques, plus ou moins tendres. Toujours, je rêvais de bouffer ma timidité comme on avale des cakes – à toute vitesse –, mais je n'en avais pas la force. Quand Vincent est monté à l'arrière de la voiture, je n'ai pas tourné la tête, et Anouk s'est exclamée :

— Tu vois qui est là !

Vincent souriait, et j'aime à croire qu'il a même souri durant les dix minutes de route qui reliaient la gare à la placette.

De retour chez les Schneider, Vincent a grimpé à l'étage pour déposer son sac et prendre une douche. Pendant ce temps-là, je découpais les cakes avec Anouk en cuisine. Cette fois, mes mains tremblaient. Je ne parvenais plus à compter les couverts en plastique et les serviettes en papier. J'avais mal au ventre, et je connaissais très bien ce mal de ventre. Chaque fois que Vincent revenait, une boule de chaleur colonisait mes entrailles. Je l'aimais bien, cette sensation d'amour et de peur. Elle voulait dire que Vincent était là et qu'il allait se passer quelque chose. Elle était la première étape, le pied que l'on cale dans la porte, le tremplin pour la suite. Mais ce soir-là, il m'a semblé qu'elle tapait trop fort ; j'avais presque de la fièvre. Et c'est sans dire que le parfum de Michel qui s'était *fait beau* me montait au nez. J'en avais la nausée et je ne sentais plus mes jambes. Mes parents allaient débarquer d'un moment à l'autre, et aussi les familles de Laura, Anne-Sophie, Chloé et Julien. Je les attendais de pied ferme, enfin de pied mou.

Au début de la soirée, j'ai collé Anne-Sophie, parce que c'était plus facile d'accueillir sa main dans mes cheveux que de regarder Vincent dans les yeux. Fidèles à nous-mêmes, nous étions distants et gauches. Mes parents, eux, se marraient avec ceux de Chloé et de Julien, et quand je repense à cette soirée aujourd'hui, je me dis qu'ils étaient terriblement jeunes. Ils buvaient à n'en plus finir et vociféraient que *picoler un jour qui n'existe pas, ça ne compte pas.* Alors Michel, qui portait son éternelle chemise à carreaux, débouchait une nouvelle bouteille.

Pendant ce temps-là, nous restions entre *enfants*, et j'écoutais Vincent raconter sa vie à Nantes, assailli de questions de la part des uns et des autres. Je ressentais une certaine suffisance à l'idée de connaître toutes les réponses énoncées, davantage les réponses passées sous silence ; il ne disait pas tout et, moi, je savais tout.

Vers vingt et une heures, Vincent est venu me voir et m'a félicitée pour la cuisine, surtout le cake aux olives vertes. Je lui ai confié que j'avais un cadeau pour lui. J'avais manigancé mon coup, enfin mon truc, et puisqu'une porte s'ouvrait, je lui ai demandé de ne pas bouger, j'ai embarqué mon petit frère pour ne pas me sentir seule et j'ai couru chez moi, le cœur à mille à l'heure. Je suis revenue avec un livre, un recueil de nouvelles de Claire Castillon choisi pour son titre, *On n'empêche pas un petit cœur d'aimer.* J'avais écrit sur la page de garde que *quoi que tu vives, penses, traverses, mon petit cœur a ses raisons et reste près du tien.* C'était une déclaration d'amour, une façon de le retenir. Vincent était parti depuis six mois déjà et je craignais souvent que la ville de Nantes ne l'aspire dans d'autres projets, d'autres filles.

Il a saisi l'objet sans l'ouvrir, puis m'a dit *merci pour le livre.* J'aurais pu lui offrir une brosse à dents ou une bagnole que sa réaction aurait été la même, si ce n'est qu'il a pris soin de prononcer le mot *livre* et de démontrer sa grande perspicacité.

Cet instant un brin bidon mais très lourd de sens a eu le mérite de nous rapprocher. Enhardi, Vincent a attrapé la manche de mon gilet comme lors de son anniversaire et m'a conduite jusqu'au buffet pour nous servir du punch. La louche tremblait.

Nos verres remplis, nous avons discuté. Notre échange ressemblait à nos e-mails ; une succession de phrases bien construites et lâchées brutalement de peur qu'elles ne se dérobent :

— Si tu veux venir me voir à Nantes le premier week-end de mars, tu peux.

— Ah oui, d'accord.

— Si tu préfères le week-end suivant, je serai à Clermont-Ferrand pour une crémaillère.

— Ah oui, c'est bien aussi.

Clermont-Ferrand, ça me disait moins que Nantes, mais c'était avant tout une histoire de calendrier : le plus tôt serait le mieux, depuis le temps que j'espérais une invitation. Enfin, nous allions nous retrouver *chez lui.* J'ai dit oui pour Nantes, il a répondu *on en reparle,* puis nous avons réintégré la fête, lui plutôt satisfait, moi un peu déçue de notre conversation non aboutie. Michel était heureux de souffler ses bougies. Il a lancé quelques obscénités, Anouk a maugréé, Jean a ri, Avril et Nicolas ont réclamé de la musique et Jérôme est parti vomir. Après, j'ai oublié, si ce n'est que Vincent s'est couché tôt et que le lendemain, décidée à le revoir et ravie de projeter une excursion nantaise, j'ai enfilé mon gilet dès le réveil.

20.

Je viens de plonger ma main dans le panier des *petits papiers* qui siège sur le buffet et lis que *cette personne parle trois langues, le français, le russe et l'anglais. Qui est-ce ?*

Anouk est à côté de moi, en train de découvrir le contenu de son coupon.

— Une personne qui est née un 29 février ! N'importe quoi ! C'est Michel !

Elle ajoute que c'est très mal mélangé dans ce panier, et je suis tentée de lui répondre que si c'était vraiment très mal mélangé dans ce panier, elle parlerait le russe. Nous en profitons pour passer un moment toutes les deux tandis qu'une poignée d'inconnus s'empresse autour de la corbeille.

— Alors, vous êtes contents de vous revoir avec Vincent ?

Voilà ses mots. Parce que Anouk, comme Jean, trouve ça normal de s'aventurer sur ce terrain. Nous sommes, aux yeux de tous, deux amoureux d'enfance restés probablement amis, du moins des connaissances intimes qui, parce qu'elles ont grandi ensemble, peuvent bien se souhaiter la bonne année, prendre quelques nouvelles et parler météo. Pour eux, ce qui compte, c'est ce que nous sommes aujourd'hui. Mais même si nous multiplions les vies, même si je ne suis plus la petite Manu de la placette ni la grande Manu de la placette, même si je suis Emmanuelle-Dijon-gynécologue, même si je dors avec un autre, disons que je rencontre quelques difficultés à regarder hier comme si c'était hier. Il est beaucoup trop tôt pour me poser ce genre de question mais peut-être qu'un jour, le bon moment sonnera. Quand Vincent ne représentera qu'une tache lointaine dans mon existence, on pourra alors me demander si nous sommes contents de nous voir et si c'est rigolo, malgré nos dentiers, de nous remémorer nos jeux de gamins, les balades à vélo, les cakes aux olives et les feuilles d'acacia attrapées dans les arbres et cuisinées en beignets par Anouk. Le problème, c'est qu'il n'y aura plus grand monde pour nous questionner : tout le monde sera mort. Le temps qui passe, ce n'est quand même pas très sympa.

Par politesse, je souris – *money, money* –, réponds que *oui, bien sûr, c'est formidable de revoir Vincent,* alors qu'en réalité, j'ai envie de me lâcher, d'activer le gros panneau lumineux, d'expliquer à Anouk que je redoutais ce mariage et culpabilisais de le redouter, parce que personne ne redoute le mariage de sa sœur, d'ailleurs je suis très heureuse pour Avril et Nicolas, heureuse mais forcément un peu ébranlée, je savais que ce jour allait arriver, que je finirais par revoir Vincent plus de trois minutes, mais je n'avais pas anticipé la cerise sur la pièce montée. *C'est con quand même.*

Anouk me guette, elle attend que je développe, du moins c'est l'impression qu'elle me donne, mais je ne développe pas, alors elle remet en place son gigantesque chapeau vert océan orné de fleurs en tulle. Je choisis plutôt de lui parler de la placette, de Julien, Chloé et Laura, voilà, je lui cause de tout ce petit monde qui me constitue, de cette enfance un peu magique, et, dans tout ça, j'inclus Vincent comme on évite d'oublier un personnage. Elle acquiesce, un peu émue, puis je la questionne sur sa retraite toute fraîche, à quoi elle occupe ses journées ; elle me raconte qu'elle aide Michel au jardin, qu'avec tout ce qu'ils récoltent, elle passe des heures à concocter de la confiture et de la sauce tomate, elle a d'ailleurs des pots dans le coffre, elle m'en donnera.

À côté de ça, et parce que Anouk a toujours aimé les enfants, elle va se lancer comme famille d'accueil, elle veut aider des gamins qui auraient besoin d'un toit mais surtout d'un cadre.

— Ça remettra de la vie sur la placette, ajoute-t-elle. C'était chouette, cette époque. Jamais nous n'avons regretté d'avoir quitté l'Est pour Gré.

À écouter Anouk, je tente de me mettre à sa place de parent, et à celle de nos parents en général : ce devait être agréable pour eux que de contempler cette énorme famille que nous formions. D'un regard extérieur, finalement, nous n'étions que des enfants – et c'était déjà pas mal –, mais ceci explique cela, ceci explique aisément que je sois tombée amoureuse du grand frère et ma sœur du petit. Tout ça n'est pas un malentendu mais une histoire de confort, ça n'a rien d'improbable, de romantique, d'étonnant, c'est bêtement le destin de deux fillettes qui s'énamourent des garçons les plus accessibles à un âge où les premiers frissons s'impatientent et décollent les cœurs comme des fusées. Évidemment que nous avons tendu la main – même si, moi, je la tendais de dos – à ceux qui rôdaient autour de nous. Ma copine qui mangeait lentement m'avait fait une réflexion de ce type, comme si j'attendais d'elle des commentaires et une haute analyse de cette drôle de combinaison dans laquelle j'évoluais ; elle m'avait expliqué que la différence entre ma sœur et moi – puisque je n'étais pas Avril, c'est que moi, j'avais fini par aller chercher l'amour ailleurs, que je n'avais pas fait dans la facilité, laissant sous-entendre, pour parler vulgairement, que ma sœur ne s'était pas fait chier : un mec qui vit à côté de chez elle, né le même jour qu'elle, gentil et beau garçon, bien sous tous rapports, voilà de quoi ne pas s'enquiquiner. Cette théorie ne me va pas mieux que ma robe. Avril et Nicolas ont connu la distance eux aussi, parce que Avril a choisi Paris pour ses études et que Nicolas a effectué un stage de plusieurs mois à Lille. Simplement, ils ont su faire avec. Leur premier baiser était un vrai premier baiser, quelque chose d'évident se tissait, mais puisque cette copine qui mangeait lentement avait toujours une réponse à apporter, elle en avait conclu que face à l'échec de l'amour des grands dont Avril et Nicolas savaient le moindre détail – cette théorie laisse également à désirer, moi-même je n'explique pas l'échec –, ils avaient pris soin de ne pas merder. Ça non plus, je n'y ai jamais cru. Même si l'amour demande de l'attention, de l'énergie et pas mal d'efforts, Avril et Nicolas n'ont pas bossé pour s'aimer, ils se sont aimés pour s'aimer encore, et c'est tout ce qui compte.

Après cette longue discussion confiture et sauce tomate, Michel nous rejoint.

— Alors, Emmanuelle, comment tu vas ?

— Ça va bien, j'ai un peu faim.

Nous parlons de mon travail, de l'hôpital, de mes horaires. Michel est un papa bourru, tendre, on peut lire dans ses yeux que cette journée le tourmente, et, dans ses mains qui tripatouillent son *petit papier*, qu'il est anxieux à l'idée d'aborder les invités un par un. Il ne m'écoute pas vraiment mais je ne me formalise pas. C'est la première fois qu'un de ses fils se marie, les jumeaux n'y songent pas encore, ils n'ont pas l'air pressé, alors je rétorque que *bon, à ce sujet, Jérôme va nous tenir au courant*, et Anouk pouffe délicatement tandis que Michel ne comprend pas. Pour se donner une contenance, il redresse le col de sa chemise à carreaux.

21.

Dès le lendemain matin, j'ai parlé à mes parents de mon hypothétique séjour à Nantes. Je devais potasser mon bac mais je m'en fichais. Ce qui m'importait, c'était de retrouver Vincent. Mes parents n'étaient pas vraiment d'accord avec ça ; *les études avant tout*, disait mon père. Ma mère essayait de temporiser, c'était quand même Vincent Schneider, elle connaissait le garçon presque aussi bien que ses propres enfants, elle estimait raisonnable que je parte *deux jours pas plus*, d'autant que, depuis, je prenais la pilule et que ce détail la rassurait. Après un dîner rythmé de négociations sous les regards anxieux de ma sœur et de mon frère qui croisaient les doigts pour moi, mon père a cédé et ma mère a sorti une petite bouteille d'eau du placard *pour ton voyage*.

J'ai prévenu Vincent, qui a répondu *parfait*. La nouvelle a rapidement fait le tour, du moins elle n'a pas échappé à Anouk qui m'a convoquée avant mon départ. Elle avait pour moi *quelques provisions* pour Vincent. Je suis ressortie de chez les Schneider avec un sac énorme rempli de pots de confiture et de trois paquets de coquillettes, des fois qu'on n'en vende pas en pays nantais. Je me suis permis de faire la remarque à Anouk. Elle a rétorqué que *tu verras, c'est le genre de surprise qui lui fait toujours plaisir.* Finalement, un livre ou des coquillettes, ça vous scelle un cœur de la même façon.

À la gare de Nantes, j'ai dû poireauter une bonne dizaine de minutes sur le parvis à guetter Vincent, ses cheveux bruns et ses yeux très foncés. Le paysage ne me plaisait pas, Nantes était plus jolie dans mon journal intime et sur les murs de ma chambre, mais ça m'était égal. Préoccupée, je tremblais comme une feuille et triturais l'étiquette de ma bouteille d'eau ; c'était mon premier voyage de grande. Et à quoi devais-je m'attendre de la part de Vincent ? Entre le *merci pour le livre* un peu expéditif et l'invitation, il y avait un monde et dans ce monde, je pataugeais. Vincent a fini par arriver avec un grand sourire, il m'a dit que le livre était génial alors que lire le livre, ce n'était pas forcément ce que je lui avais demandé. Il a déposé un baiser sur ma joue et m'a proposé d'aller au McDo. Devant nos hamburgers et nos frites, nous avons élaboré des plans pour les deux jours à venir et parlé des amis qu'il allait me présenter. Quelque chose de fluide s'installait entre nous, peut-être parce que nous étions hors de notre décor. Dans le tramway, sa main dans mon dos me rendait chèvre d'amour, j'avais eu tort de m'inquiéter à propos de sa nouvelle vie et, bientôt, je viendrais faire mes études ici. Le premier soir, nous avons fait l'amour ; nous ne l'avions pas refait depuis presque un an. Cette fois, nous étions un peu plus adroits.

Le samedi soir, j'ai fait la connaissance de ses amis de l'école. Je n'avais pas encore rencontré ma copine qui mangeait lentement mais, lui, avait un ami qui parlait très vite et répondait au prénom de Barnabé. Le garçon était gentil, survolté, grand buveur. Nous étions six à la terrasse d'un bar aux tables rouges dans le quartier Bouffay, et agglutinés autour de l'une d'entre elles. J'appréciais ces visages et l'humour de cette bande que je ne décodais pas. Elle multipliait les blagues d'ingénieurs. Barnabé, lui, faisait des pas de côté pour m'inclure, même si la main de Vincent sur mon genou, à l'abri de tous les regards, s'en chargeait allégrement. Barnabé n'arrêtait pas de s'exclamer :

— Tu connais ce gars depuis que tu as cinq ans ? en montrant Vincent de l'index.

Il trouvait ça fou, il était en boucle, il reniflait sans arrêt à cause du froid et de l'humidité ambiante, il se mouchait bruyamment et reprenait : *Tu connais Schneider depuis que tu as cinq ans ?* et moi j'aimais bien qu'il appelle Vincent par son nom de famille, ça donnait de l'importance à Vincent, exactement comme lorsque les jumeaux me parlaient de lui dans la voiture de Michel ou de ma mère. Je hochais la tête, *oui, je le connais effectivement depuis tout ce temps*, et je comprenais dans la foulée tout ce que ce temps pouvait bien peser de minutes et de possibilités, et ça me rendait d'autant plus heureuse qu'à cet instant, la vie me paraissait plus longue dans le futur que dans le passé.

Je me souviens très bien de cette soirée, du regard discret de Vincent entre deux fous rires, du serveur un peu froid, des copains échauffés par l'alcool et du bol de chips que personne ne touchait. Je crois que, ce soir-là, j'ai rencontré un nouveau Vincent, et qu'il était temps pour nous de nous rencontrer une nouvelle fois.

Vincent et moi sommes rentrés ivres. Nous avons traversé des rues piétonnes désertes, nous avons ri devant les enseignes lumineuses des grands magasins, puis nous avons longé l'Erdre pour rejoindre le nord de la ville. Sur le boulevard Amiral-Courbet, Vincent me tirait par le bras.

— Tu vas te faire écraser !

Le ciel était haut et dégagé. Après quarante-cinq minutes de marche, nous sommes montés dans sa chambre, nous avons croisé quelques personnes dans les escaliers de la cité universitaire, une fille au téléphone qui n'était pas contente, deux mecs qui chuchotaient et un autre qui semblait chercher ses clés.

Dans son lit une place, une fois que nous fûmes blottis l'un contre l'autre, je respirais nos odeurs d'alcool et celles de nos âges avancés, j'observais les murs blancs et sans vie qui nous entouraient, tout en songeant que cette soirée se transformerait très prochainement en souvenir, et que le souvenir resterait.

Sur son ordinateur, nous avons regardé des vidéos d'étudiants révoltés rue d'Assas, je ne sais pas pourquoi Vincent tenait à ce que l'on visionne ce genre de films, mais peu importe. Moi, je me concentrais sur son écran qui était celui de nos échanges, et je l'imaginais ici en train de m'écrire à deux pas de sa minuscule fenêtre dont la vue n'offrait rien de grandiose. Une allée, des bancs, un portail et la rue Mirabeau. La placette était bien loin.

Le lendemain matin, nous avons cuisiné un gâteau au micro-ondes. Vincent séparait habilement le blanc des jaunes. Il a battu les blancs à la fourchette, je n'y croyais pas une seconde : jamais ça ne monterait. Les blancs sont montés, le gâteau a cuit en cinq minutes, et nous l'avons mangé en buvant du café soluble.

Quelques heures plus tard, Vincent m'accompagnait à la gare de Nantes, sur le quai. Il m'a serrée dans ses bras, très fort. J'étouffais de bonheur, je ne voulais pas quitter Nantes, c'était absurde de quitter Nantes. Je me disais que la vie était vraiment contraignante, qu'il me suffisait de ne pas monter dans le train pour poursuivre mon histoire d'amour. Mon histoire d'amour dépendait d'un geste, d'une décision, d'un marchepied que l'on évite. Rester sur un quai, à vrai dire, ça n'a rien de compliqué, mais il y avait mes parents et mon bac, tout ce qui m'attendait mais que je n'attendais pas, alors quand j'ai eu fini d'étouffer, je suis montée à bord. Je me sentais un peu faible. L'amour était juste là, la suite m'attendait à l'extérieur, alors pourquoi ma bonne conscience s'en mêlait-elle ? Pour me consoler, je me disais que mon sérieux avait raison d'être ; grâce à lui, j'obtiendrais mon baccalauréat et je rejoindrais bientôt Nantes.

Vincent a attendu que le train démarre. J'avais le front collé à la vitre, le regard langoureux et beaucoup trop d'émotions dans le ventre. Je tenais toujours ma bouteille entre les mains, remplie désormais d'eau du robinet. Le train est parti, Vincent aussi, et tout le long du trajet, j'ai bu de petites gorgées ; depuis ce jour, l'eau du robinet a le goût de Nantes.

Je suis arrivée à Paris, gare Montparnasse. J'ai pris le métro pour la gare de Lyon, frileuse à l'idée de me perdre. Je vérifiais sans cesse que je suivais la bonne ligne et la bonne direction. Autant à l'aller, mes parents m'avaient escortée jusqu'à Paris, autant au retour, ils avaient prétendu que je pourrais bien me débrouiller *toute seule* et grimper dans un train de banlieue. À la sortie du fameux train, j'ai retrouvé ma mère qui m'attendait dans la Renault 19, avec mon frère assis à l'arrière. L'enfance m'a sauté aux yeux. Je ne supportais plus l'idée d'être là sans Vincent. Je ne voulais plus grandir ici. J'avais déjà grandi.

Les semaines qui ont suivi étaient toutes aussi fortes. Nous échangions des dizaines d'e-mails hebdomadaires. Je traitais mes profs de chiants, de vicieux, d'incompétents, je lui racontais mes révisions pour le bac et ma crainte d'échouer en physique-chimie. Il me rassurait et me rassurait encore. Il me causait du bar aux tables rouges et de Barnabé.

16 avril 2002, 14 h 32

Hello Emmanuelle, est-ce que ça va ?

Barnabé me parle souvent de toi. Il veut savoir quand tu reviens. Moi aussi cela dit.

VS

16 avril 2002, 19 h 40

Salut Vincent,

Moi aussi cela dit.

Sinon ça va, je révise, je suis stressée. On se donne des dates ?

Emmanuelle

Mes parents n'ont pas accepté que je retourne à Nantes. Le bac approchait. Mais, durant tout un week-end, ils m'ont laissé la maison pour que je fête mes dix-huit ans à retardement. C'était en avril, deux mois après l'anniversaire de Michel et un mois après mon séjour à Nantes. J'étais si contente de voir ma famille quitter le domicile que je lui ai presque claqué la porte au nez.

J'ai réuni mes copains de lycée et ceux de la placette, et Vincent a fait le déplacement pour l'occasion. Avec Anouk, ils ont concocté une charlotte aux fraises. Vincent est passé au travers des thuyas, son dessert dans les mains, puis m'a aidée toute l'après-midi à réaménager la maison. Nous avons poussé dans les coins les meubles au bois lourd afin de créer une piste de danse.

Lorsque nos corps se croisaient, ils se touchaient : une main sur le bras, les reins, les épaules. Des gestes que nous avons ravalés face aux invités. Si nous étions enfin à l'aise en duo, et surtout depuis

Nantes, nous ne l'étions pas encore à plusieurs. Mais j'étais fière. Fière de voir et de savoir Vincent au milieu de mes copains et copines. Il était là, et sa présence était la preuve que mon amoureux existait bel et bien.

Une fois les festivités lancées, nous avons dansé en vidant des bouteilles de bière et des salades de riz. Célébrer mes dix-huit ans me renvoyait à ceux de Vincent l'année précédente. J'espérais que l'on finisse la soirée dans sa chambre – la mienne me faisait un peu honte tant elle se prenait pour Nantes. Mais puisque certains de mes copains restaient coucher, Vincent a dormi chez lui avant de revenir le lendemain midi. Nous avons rangé la maison, et il m'a offert un cadeau *parce que, la veille, devant tout le monde, je n'ai pas osé* : un guide du Routard de Nantes et ses environs que je possède toujours et qui, l'air de rien, venait agrandir ma collection sur la cité des ducs.

Le reste du temps, quand Vincent était à Gré et que nos parents l'étaient aussi, nous nous contentions de nous amuser avec les autres, de faire du vélo, de partager un baiser caché dans les bois ou bien de discuter devant chez nous jusqu'à la nuit tombée. C'était chouette mais empêché : la présence de nos familles, comme celle de mes amis, freinait nos élans, élans que je savais désormais possibles et presque désinhibés.

À cette époque, Laura s'apprêtait à quitter la placette, Anne-Sophie aussi. Nos confidences étaient pleines d'avenir ; pourtant, j'étais partagée : j'aimais nos projections mais le passé me manquait. J'ignorais alors que nous étions en plein dedans. Si je l'avais su, j'aurais profité de ces moments qui appartenaient bien plus à l'enfance qu'il n'y paraissait, d'autant qu'un semblant d'époque réinvestissait les lieux : la fin de l'année scolaire approchait, et Vincent rentrait tous les week-ends. J'aurais pu trouver que la vie nous maintenait à bonne place et saisir les quelques mains qu'elle me tendait. Mais l'absence de quotidien réprimait nos échanges avec Vincent ; sur la placette ou perchés à nos fenêtres, nous n'avions rien de particulier à nous dire tant nous savions ces instants éphémères. À vouloir parler vite et bien, nous ne parlions pas vraiment et il en était de même à l'écrit : nous nous voyions presque trop souvent pour entamer une conversation par e-mail. C'était mieux avant, ou bien mieux à distance. J'en étais à préférer Vincent dans l'absence, cette absence que nous avions su transformer en relation et qui me concédait, par la même occasion, toute la liberté d'imaginer notre histoire, de la vivre dans mes songes, à mon rythme et à ma guise.

Il semblerait que l'on m'ait entendue : en plein milieu des épreuves du bac, alors que nous envisagions de nous retrouver pour l'été à Nantes – avec mon guide touristique –, Vincent m'a appelée et annoncé qu'il quittait sa chambre d'étudiant deux semaines plus tard. Il intégrerait fin août une école à Berlin. Il rêvait d'une nouvelle aventure à l'étranger, avait tenté une admission sur dossier et pris sa décision au pied levé. Je voulais de la distance, j'étais servie.

Je me suis vue avec ma bouteille d'eau dans l'avion, *deux jours pas plus*, mais l'image n'a pas suffi. Je me suis effondrée en silence, un vrai jeu d'actrice – *why are you crying ?* Il était hors de question que Vincent me devine en train de suffoquer de l'autre côté du combiné. Je voulais être robuste, digne, pas compliquée. Il a ajouté :

— Je rentrerai de temps en temps, et tu pourras venir aussi.

Je ne l'écoutais pas, même si je crois qu'il faisait tout pour me rassurer. Le lendemain, j'ai été incapable de me concentrer sur ma copie. J'ai quand même décroché mon bac avec mention. Il a fallu choisir une fac de médecine. Je n'ai pas choisi Nantes. J'ai choisi Paris.

22.

Nous sommes invités à rejoindre la grande salle pour le dîner. J'arpente les lieux et slalome entre les tables rondes jusqu'à la mienne, nommée Jacinthe. On se croirait en pleine nature : les murs sont couverts de lierre, à croire qu'il a poussé là, et des bottes de foin aux allures de bancs entourent la scène pour accueillir un maximum de spectateurs ; depuis ce point de vue, nous pourrons admirer les mordus de karaoké.

À la table Jacinthe, je découvre les noms de mes voisins, parmi lesquels Pierre, Jean, Jérôme et *les deux*, ainsi que, de toute évidence, Vincent et Sandrine. Nicolas et Avril ont bien fait, je ne pense pas le contraire, je sais les petits arrangements de parcours pour éviter le moindre malaise. *Mais on sera obligés de vous mettre à la même table quand même.*

Je devais être témoin ; en fait, non, il n'a jamais vraiment été question que je le sois. Simplement, ma sœur a quelques fois évoqué la possibilité sans jamais s'y attarder. Nicolas, lui, envisageait de solliciter Vincent, parce qu'il aurait été bien incapable de choisir entre les jumeaux, alors autant prendre le frère qui n'en a pas. Mais parce que ça aurait été *bizarre*, dixit ma sœur, nous avons été relégués au rang d'invités lambda quoique privilégiés. J'ignore si Vincent est conscient que nous sommes passés à *ça*. Ce qui ne m'étonnerait pas. J'ai l'intime conviction, d'ailleurs, qu'il a été mis au courant de ce mariage avant moi. Je ne fais que supposer, tout comme Joël suppose fortement que la terre est plate et que nous vivons dans un jeu de rôle savamment orchestré par une puissance supérieure implantée aux *States*. Seulement, j'imagine qu'Avril et Nicolas ont annoncé leur désir de se marier à Vincent avant de m'en parler, parce que c'était sans doute plus facile de le lui dire à lui qu'à moi, parce qu'il est papa, pacsé, qu'il a une grosse voiture et des stores électriques. Il est fort probable que je me fourvoie, Joël se fourvoie bien lui, même si, pour le jeu de rôle, je suis prête à le rejoindre, enfin j'étais, parce que j'ai longtemps vécu avec cette dérive d'esprit. À dix ans, j'étais persuadée que nous, les humains, étions tous observés, qu'on nous plaçait dans la vie comme au théâtre – *va à la piscine, va danser petite fée, va sauter des moutons* –, et que nous récitions nos textes comme au théâtre, ce qui me laissait penser que nous étions démunis de liberté, instrumentalisés tels des pions, et cette élucubration de mon cerveau me rendait parfois folle, je me sentais constamment épiée, et je croyais même que mes proches avaient accès à ces données, moi dans ma chambre, moi sous la douche, moi assise sur le tronc, parce que évidemment mes proches faisaient partie de cette grande mascarade ; quand ils n'étaient pas avec moi, ils mataient une téloche, *ah regarde ce que fait Emmanuelle, le doigt dans le nez, le doigt dans le nez, allez Manu, voilà Manu.* Ce souvenir me fige un instant, il n'y a personne à la table et pas grand monde dans la salle, peut-être me regardent-ils tous depuis les téléphones des petits-cousins, des appareils dernier cri, et je les vois bien se marrer, *ah, ah, la table Jacinthe, elle cherche des amis, elle est seule comme une pauvre fille à ressasser ses souvenirs,* parce que ressasser des souvenirs comme une pauvre fille, c'est exactement ce que je suis en train de faire.

On m'extrait de mes pensées infernales. Mon bienfaiteur est une petite dame d'un certain âge, qui porte une veste orange trop longue et m'alpague le regard sévère :

— Bonjour, vous êtes la personne qui brasse de la bière dans son sous-sol ?

J'écarquille les yeux, dis que non, il ne s'agit pas de moi.

— Et la personne qui a vécu aux États-Unis pendant dix ans ? Ou peut-être la personne qui porte le prénom d'une reine ?

J'ignore qui paie cette femme pour qu'elle bosse à la place des autres, mais elle est très déterminée. Puisque je ne parviens pas à l'aider, elle clôture son interrogatoire en soupirant avant de rebrousser chemin. Ce jeu annonce de grands moments. Je m'affale sur le dossier de ma chaise.

Les deux apparaissent à l'entrée de la salle. Derrière elles, l'assemblée débarque et se rue devant le grand tableau pour découvrir sa table. Plutôt Rose, plutôt Tulipe, plutôt Bégonia ? On se croirait en plein résultats du baccalauréat, quand il faut bousculer son prochain pour accéder au Graal, planter les yeux dans sa ligne et ne surtout pas la perdre en chemin, admis, pas admis, pleurer, sourire.

Les deux cherchent leur place et me tournent autour. Pénélope parle toute seule, à moins qu'elle ne s'adresse à moi ou à Marina, la copine de Jean :

— Ça ressemble à quoi une jacinthe, déjà ?

Marina lui répond que c'est joli, Pénélope répond que ça ne l'éclaire pas, et la conversation s'arrête là. J'ai une pensée pour ces pauvres jacinthes invisibles et désemparées qui trônent au milieu de la table, dans un vase et sous un rondin de bois, et qui, comme moi, ne sauraient dire qui de Marina ou de Pénélope elles préfèrent.

Désormais assises, Pénélope et Marina ont la folle idée de m'adresser la parole alors que j'essaie tant bien que mal de lire le menu que je connais par cœur. *Tu es sûre qu'une viande, pour le plat, fera plaisir à tout le monde, parce que j'hésite vraiment avec du poisson ?* m'a demandé cent fois Avril.

Marina me cause avec davantage de naturel, là où Pénélope cherche ses mots. Notre discussion est d'un ennui profond, mais je m'évertue à ne pas juger, je ne vois pas pourquoi nous parlerions de sujets profonds, *et vous, l'écologie, le tri des poubelles, le féminisme ?*, toutes ces choses-là, non, vraiment, il est normal que nous nous en tenions à quelques formalités, comme des connaissances qui se retrouvent par habitude au comptoir et parcourent le quotidien en surface et en largeur, *et toi, alors, la famille, les enfants, le patron ?* Puisque nous parlons d'enfants, Pénélope estime le moment opportun pour me confier qu'elle souhaite arrêter la pilule. S'ensuit la question classique :

— En combien de temps je vais tomber enceinte ?

Je lui explique que cela dépend de l'action de sa pilule actuelle, que tous les corps ne redémarrent pas à la même vitesse et que le cycle choisira le jour de son retour, alors elle dit *d'accord, d'accord, d'accord,* elle le dit au moins trois fois, et Marina ouvre grand les yeux :

— Ça veut dire que vous voulez un bébé avec Jérôme ?

Elles ont envie de trinquer mais pour l'instant nos verres sont vides, il serait inconvenant de souiller la mise en place. Elles se regardent bêtement, ne sachant plus comment poursuivre la discussion. C'est mon frère qui la relance :

— Alors, ça va par ici ? questionne-t-il en apparaissant. Jolies, les jacinthes.

Pénélope sursaute, elle vient de comprendre, et Pierre, lui, ne comprend pas.

— Bah, qu'est-ce que tu as ?

— Je viens de voir les jacinthes.

Cette fois, c'est Pierre qui ne sait pas comment poursuivre la discussion. Décidément, nous sommes partis pour ramer un bon moment.

Je quitte le séminaire de gynécologie, ou de botanique, c'est selon : voilà que les mariés débarquent et que la salle s'anime. Nicolas est porté par une tripotée de copains ingénieurs. Tous sont habillés de costumes noirs sur chemise blanche. Le marié est à l'horizontale, il pousse des cris de peur qui sont en réalité des cris de joie. Les copains rient de plus belle. Derrière eux, ma sœur danse autour de ses demoiselles d'honneur, qui l'encouragent à pousser la chansonnette. Il faut reconnaître que la musique inspirerait le premier passant, *et tu tapes,*

tapes, tapes, c'est ta façon d'aimer, et moi, d'ici, je sens le vent de folie qui réveille les invités proprement installés. Monique a déjà calé sa serviette pour manger, c'est dire.

Les mariés sont escortés jusqu'à leur table, l'officielle. Je les fixe, prise dans l'ambiance. Un peu de concret me fait du bien, mais le concret ne dure pas : Vincent s'illumine derrière Avril et Nicolas. Il sourit tout seul, marche vite et en direction de la table, attrape le dossier de sa chaise et reste debout derrière elle en la balançant. Maintenant qu'il est là, je meurs d'envie d'effectuer une rotation sur ma chaise à moi ; il me suffit de pivoter les fesses de quelques degrés pour que mon visage rencontre le sien. Évidemment, même ça, je n'y arrive pas, je ne voudrais pas lui sauter dessus même si, littérairement, il n'est pas question de lui sauter dessus. Je vais attendre mon tour, attendre qu'il m'adresse la parole, ça m'évitera de parler de météo et puis, surtout, ça m'évitera de me moquer de lui : il vient de faire tomber sa chaise et essaie tant bien que mal de la redresser l'air de rien.

23.

J'ai quitté ma chambre d'ados pour Paris, en route vers la première année de médecine. Je ne savais pas vraiment à quoi m'attendre mais mon grand cousin Fabrice, qui était passé par là, m'avait prévenue : *tu n'auras plus de vie.* Mes parents m'ont donc payé un studio pour que je puisse ne plus avoir de vie.

Un matin, nous avons roulé tous les trois direction la capitale. La Picasso – mon père venait d'en faire l'acquisition – était pleine à ras bord de mes bibelots. Nous avons passé une journée à agencer mon appartement, entre fixation des étagères et livraison du frigo. Pour le remplir, je suis descendue faire mes premières courses avec ma mère au Franprix. Quant à la première nuit, elle était perturbante. Les bruits de l'immeuble m'effrayaient. Je regardais l'ordinateur que mes parents m'avaient offert. J'avais envie d'écrire à Vincent mais quelque chose me retenait. Peut-être que je lui en voulais un peu. Peut-être que je n'acceptais plus, maintenant que j'étais moi aussi à distance, que les kilomètres nous inspirent davantage de grands mots qu'une envie de les combattre. Et puis Vincent n'était plus à Nantes, il était à Berlin, il avait tourné une page, et je tenais à ouvrir la mienne sans lui. Je crois, au fond, que j'espérais lui montrer que je pouvais vivre ma vie. Après tout, j'avais tant de choses à découvrir.

J'ai surtout découvert le métro le matin, et puis le soir. J'ai découvert de nouveaux visages et la concurrence ardue entre les primants et les doublants. J'ai découvert qu'il me fallait faire le pied de grue à sept heures du matin devant l'amphi pour être sûre de me frayer une place. J'ai découvert, lors du premier cours, que je pouvais me mettre à pleurer pour un rien, ou disons pour autre chose que Vincent. Ce rien, c'était le schéma du cœur qu'un prof dessinait sur le tableau avec des craies de couleur. C'était magnifique, du grand art, et moi j'essayais de recopier son chef-d'œuvre à toute vitesse sur mes feuilles blanches, mais c'était impossible, je n'y arrivais pas, je ne voyais rien, je griffonnais n'importe quoi, je me disais que j'étais foutue, que c'était le pire choix de ma vie. Si c'était ça, devenir adulte, j'étais prête à passer mon tour. Le soir venu, je n'avais qu'une envie, appeler mes parents, leur demander de venir me récupérer. Je me suis abstenue, par politesse et pour les étagères suspendues et joliment décorées par ma mère qui avait aligné des cactus sur l'une d'entre elles, *parce que c'est beau et ne nécessite pas d'entretien.* Le lendemain matin, je me suis levée, et puis tous les autres matins aussi. J'ai pris la route malgré le brouillard.

C'est lors de cette rentrée que j'ai rencontré ma copine qui mangeait lentement. On devait déjà être en novembre, et c'était une aubaine. Mon cousin m'avait dit qu'en première année, il était difficile, voire impossible, de se faire des copains. Mais elle était là, un matin, devant l'amphi. Elle tenait une fourchette dans sa main droite et un Tupperware rempli de pâtes au gruyère dans l'autre, et, en l'observant, je me disais qu'elle avalait là un étonnant petit-déjeuner, oubliant moi-même que je me nourrissais exclusivement de Figolu depuis trois semaines. Elle était étrange et répondait au prénom d'Alexandra. Nous avons sympathisé. Elle renouvelait mon décor. Avec elle, j'avais le luxe de repartir à zéro, de raconter Vincent ou de ne pas raconter Vincent, et même si je me suis épanchée, le simple fait d'avoir le choix, c'était la preuve, peut-être, que je passais à autre chose. Je ne me l'explique pas. C'était presque soudain mais c'était ainsi.

Je me souviens de cette première année de médecine comme d'une bulle inconfortable encombrée de bouquins, de fiches, d'estomacs ulcérés. Avec Alexandra, nous nous soutenions. Nous avons « fêté » Noël ensemble parce qu'il nous fallait préparer les épreuves de début janvier, tant pis pour nos familles. C'était la première fois que je ratais un Noël sur la placette, l'interminable réveillon, les grands-parents qui nous visitaient ou que nous visitions, les deux bûches avec les Schneider et les décorations extérieures que nous prenions soin d'installer tous ensemble. Si une gentille guerre opérait entre les six maisons – laquelle scintillerait le plus ? –, nous ornions toujours le sapin de la placette de guirlandes, de boules et d'étoiles. Tous les ans, le sapin était un rendez-vous. Nous avions tellement hâte de l'habiller que nous le faisions parfois dès la fin octobre. Quand il neigeait en décembre – à l'époque, il neigeait bel et bien en décembre, comme durant l'enfance de Joël –, nous avions l'autorisation de sortir et de confectionner des bonshommes. Les garçons Schneider, qui aimaient se moquer des goûts vestimentaires de leur père, vêtaient le résultat d'un bonnet de Michel. En 2002, j'ai donc loupé ce Noël, Vincent aussi. Les autres se sont amusés sans nous ; Avril et Pierre me narraient tout au téléphone. Pour l'heure, je mangeais du saumon fumé et du pain de mie dans le studio d'Alexandra. Aucune décoration ne nous accompagnait.

Parfois, nous marchions dans Paris tard le soir parce que Alexandra insistait, *il faut que l'on prenne l'air, Manu.* Alors, on prenait l'air, mais on manquait perpétuellement d'air. Un jour, Alexandra est tombée dans les pommes durant le cours sur la ponction lombaire, et tout le monde l'a huée. Après ça, elle m'a dit qu'elle étouffait, qu'elle ne tiendrait jamais, et, pour lui apporter du réconfort, je lui promettais que tout ça serait bientôt terminé, que l'année suivante, nous sortirions, nous boirions, que ce serait à notre tour de débarquer dans l'amphi de première année pour montrer nos fesses parées de l'inscription *bon courage.* En réalité, je me rassurais moi-même. J'étais à bout, crevée, mais incapable de lâcher ou d'abandonner. J'étais sans cesse rattrapée par la culpabilité, et je ne réussissais même plus à me marrer. Avec Alexandra, on ne riait plus. Un soir, alors qu'un professeur déblatérait sur l'os du crâne surnommé *l'avion biplan* à cause de sa forme, tous les doublants ont lancé des avions en papier confectionnés pour l'occasion ; j'ai ressenti de la colère et me suis bouffé tous les ongles tandis que les autres ne cessaient de rire. J'aurais voulu grimper sur l'un de ces avions et m'envoler loin d'ici, mais ce n'était pas envisageable. J'étais coincée dans mon objectif, ligotée dans ma détermination et dans ma bonne éducation, vissée à ma chaise devant des diapositives de squelettes, et, quand ça n'allait pas, j'appelais mon cousin Fabrice qui m'encourageait sans jamais fléchir.

De Vincent, je me souviens peu. Il m'écrivait et je ne répondais pas, ou pas vite, ou pas toujours. Je ne comprenais pas tout, je perdais le fil.

18 novembre 2002, 00 h 12

Salut Emmanuelle,

j'ai démarré mon stage en parallèle des cours. Je bosse au moins dix heures par jour. Au début, ça m'allait bien, je m'éclatais, mais c'est de moins en moins le cas. Tu sais, j'ai souvent envie de prendre le premier avion et de partir pour six mois. Tout ça reste entre nous. Tu seras peut-être à l'arrivée ? En tout cas, nous sommes vendredi soir et je ne pense qu'à une chose : dormir.

Raconte-moi comment ça se passe à Paris.

Bonne nuit.

VS

20 décembre 2002, 16 h 08

Ma mère m'a dit que tes parents venaient le 26 décembre à la maison, elle va encore sortir le grand jeu. Il paraît que tu dois réviser. Moi non plus je ne serai pas là, je dois travailler. C'est dommage, on se loupe.

VS

2 janvier 2003, 9 h 09

Bonne année, comme on dit ! Comment tu vas ? Quand est-ce que tu réponds ? Ici, rien de spécial, on a fait une petite soirée. Je crois que je maîtrise quelques mots d'allemand mais j'en ai marre. Je ne supporte plus de manger des döner, c'est des kebab. C'était divin au début mais maintenant ça m'écœure. Celui du nouvel an était de trop. Mon stage ne me plaît plus. Je me demande où je vais atterrir prochainement, mais, pour ça, encore faudrait-il que je décolle.

VS

16 février 2003, 22 h 50

Salut Emmanuelle,

j'ai été content de te lire. Tu vas t'en tirer, j'en suis sûr. C'est dur médecine, enfin j'imagine que ce n'est pas une légende, mais pourquoi tu n'y arriverais pas ? Tu le peux, je t'envoie de bonnes ondes.

Sinon, tu n'es peut-être pas encore informée, mais je rentre fin février pour l'anniversaire de mon père, comme d'habitude. Si jamais tu es là, dis-moi ?

VS

3 mars 2003, 22 h 56

Pas de nouvelles de toi. J'aurais aimé te voir ce week-end et manger ton cake aux olives.

Je t'embrasse.

VS

17 mars 2003, 23 h 40

Est-ce que tu m'en veux d'avoir choisi Berlin ?

20 mars 2003, 10 h 30

Joyeux anniversaire…

Bises.

VS

24 avril 2003, 11 h 12

Salut !

Dis donc, il faut se faire prier pour obtenir une réponse de ta part… J'en serais presque à te demander ce que tu deviens.

Pour répondre à ta question, l'anniversaire de mon père s'est bien passé. Jérôme nous a présenté sa copine, elle s'appelle Pénélope, elle est sympa mais spéciale. Sinon, je comprends que tes études te demandent beaucoup de temps.

En tout cas, je serai moi aussi chez mes parents pour le pont du 8 mai, merci de m'avoir prévenu. On peut prendre le train ensemble à gare de Lyon le jeudi matin si tu veux ? Tôt, si tu souhaites réviser ensuite ? Ça te laissera la journée, et le soir nous pourrons aller faire un tour.

VS

4 mai 2003, 19 h 34

Salut Emmanuelle,

mon portable a décidé de mourir aujourd'hui, donc il va falloir une organisation en béton pour que l'on se retrouve gare de Lyon jeudi. On peut se rejoindre à l'entrée du quai un peu avant 8 h 05, puisque le train part à 14 ? Si l'un de nous deux n'est pas à l'heure, il ne pourra pas appeler l'autre, alors pas le droit à l'erreur. Tous des ingénieurs en carton, comme dirait Nico. Réponds-moi pour me dire si c'est OK, STP.

VS

Ce jour-là, je ne suis pas arrivée en retard. Je ne suis pas venue du tout. J'avais bossé toute la nuit, mes cernes s'abattaient sur mes pieds, je n'avais programmé aucun réveil. C'est un coup de fil de mes parents, aux alentours de onze heures, qui m'a réveillée. Ils s'inquiétaient et m'attendaient. Je me suis excusée, et je suis restée dans mon studio, à Paris, à relire mes cours pendant quatre jours. Je n'ai pas écrit à Vincent.

24.

La table Jacinthe est au complet. Bientôt, l'entrée sera servie. En attendant, je suis toujours coincée avec *les deux*, Pénélope qui veut des enfants et Marina qui en veut peut-être. Elles ont remis le couvert, et j'attends patiemment que l'on passe à autre chose. Je promène mes yeux sur le décor ambiant, les poutres au plafond, les cheminées sans feu, les tables rondes en rond, les épis de blé dans les soliflores, la porte des sanitaires tout au fond avec, sur le seuil, un super sofa sur lequel j'ai très envie de m'asseoir et de réfléchir.

Vincent, lui, joue avec ses couverts comme s'il s'ennuyait à mourir. Il ne sait pas patienter sans déchiqueter un sous-bock, mais point de sous-bock ici, juste une élégante nappe en lin blanc. Son aînée, Lou, le sort de ses songes, du moins du troisième couteau disposé à droite de l'assiette. Elle vient embrasser *son papa* et moi j'évite d'observer la scène. Une seconde plus tard, elle se dirige vers tante Marina en la nommant, et Vincent la corrige, *tante Marina et tante Pénélope*, parce que ça ne se fait pas de s'adresser à l'une en ignorant l'autre. Visiblement, cette enfant a choisi son camp, et ça se confirme quand elle demande à Marina quelle est sa couleur préférée.

— Ça dépend, pour les vêtements, la décoration de la maison, les bijoux ? questionne Marina.

Je suis atterrée : c'est une enfant, tu lui réponds bleu ou vert, comme tous les gens présents à cette table le feraient, mais ça ne déstabilise pas la petite Lou qui veut savoir *pour les vêtements*. Alors Marina dit *bleu*, et voilà, c'était attendu, évidemment qu'elle allait dire bleu. À côté, Pénélope se met à rire, on sait bien que sa couleur préférée n'est autre que le rose, vêtements, déco, bijoux, ça se voit, même son rideau de douche est rose, ce n'est pas un canular mais une information sourcée Avril. Le rire de Pénélope, qui écoute Lou et Marina en se marrant, est très étrange, il se déroule en trois temps, *ah, ah, ah*, le dernier *ah* retombe. Je regrette à cet instant que le rire de Pénélope n'appartienne pas à mes souvenirs communs avec Vincent. Nous aurions pu nous regarder comme nous l'avons fait avec le *je te tiens au courant* de Jérôme, mais Pénélope est arrivée tard, enfin un brin trop tard dans nos existences, pour que Vincent et moi partagions ce détail.

Pour autant, Vincent m'interpelle. J'opère donc mon glissement de chaise tant espéré.

— Tu te souviens de Rodrigo ?

Rodrigo, le chien d'Anne-Sophie, un rottweiler dont j'avais peur. Vincent doit vraiment s'ennuyer pour penser à lui, même si je ne sais pas exactement où il veut en venir. Peut-être songe-t-il au jour où Anne-Sophie est venue jouer dans le jardin des Schneider avec son animal de compagnie. Nous courions dans tous les sens entre les choux-fleurs et les salades de Michel. Moins habile que les autres, ou plus effrayée par le chien qu'ils ne devaient l'être, j'ai perdu pied dans ma course jusqu'à m'écraser le genou droit sur l'angle d'une dalle en béton. Les dizaines d'allées entre les fruits et les légumes en étaient truffées. Au sol, incapable de plier le genou – ma rotule avait lâché –, je hurlais ma douleur, et mon petit frère, empathique et mal en point, hurlait par-dessus mes plaintes : *Emmanuelle n'a plus de jambe ! Emmanuelle n'a plus de jambe !*

Vincent a couru à ma rescousse puis m'a soutenue jusque chez moi. J'ai fini aux urgences et avec une attelle que tout le monde appelait *l'attelle de Rodrigo,* ce qui avait le don de me contrarier ; ce n'était pas *l'attelle de Rodrigo,* c'était la mienne et c'était sa faute.

Peut-être que Vincent pense à ça, mais je ne suis pas certaine que cette mésaventure l'ait grandement marqué. Je tente autre chose :

— Quand il s'est échappé ?

Et là, Vincent, content, vraiment content, mime un oui de la tête. Nous nous remémorons cet épisode, ce jour où Rodrigo, qui aboyait toujours férocement, les deux pattes sur le portail, a fini par sauter par-dessus alors que la factrice passait par là. Elle est montée dans sa voiture à toute vitesse et a démarré en trombe, tandis que Rodrigo a profité de sa liberté nouvelle pour emprunter l'allée qui reliait la placette aux bois. Nous devions avoir quinze ans environ. En héros, Vincent a couru après le chien. Nous autres, Chloé, Jérôme et moi, devions avertir la famille d'Anne-Sophie. Quelques minutes plus tard, alors que son père venait de troquer ses pantoufles contre des chaussures de randonnée (on n'a jamais trop compris, Jérôme a d'ailleurs dit : *Le chien n'a pas eu le temps d'atteindre la montagne, ah, ah, ah !*), Vincent revenait victorieux sur la placette avec, à ses côtés, Rodrigo qu'il tenait par le collier. Trouillarde comme je l'étais, je me suis sentie pleine d'admiration pour cet acte de bravoure. Vincent savait décidément tout faire : grimper aux arbres, décrypter le ciel, apprivoiser les chiens.

J'ignore pourquoi il me raconte ça, enfin pourquoi nous nous racontons ça, et une partie de moi pense que, peut-être, il fait le paon comme il le faisait à vélo, et que son objectif à travers ce récit n'est autre que de me rappeler ses exploits pour que je succombe, mais je freine mon cerveau, Vincent a des enfants, deux même, et pour preuve, la petite Lou est en train d'énumérer des couleurs à Marina, qui ne s'abstient d'aucun commentaire, *rouge, très joli pour un pull ; vert, très joli pour un papier peint.* Et sous cet arc-en-ciel sans grand intérêt, un souvenir me remonte, qui atteste de la bienveillance insoupçonnée de mes méninges : le slip jaune anis.

25.

Alexandra et moi avons triomphé. Elle a choisi dentaire, j'ai choisi médecine. Nous avons entamé notre deuxième année avec une facilité déconcertante. Ça n'avait plus rien à voir. Nous avons rencontré de nouvelles têtes et intégré une petite bande de quatre personnes qui adorait se fondre à d'autres bandes de quatre personnes. Nous sortions quasiment tous les soirs, nous étions inarrêtables.

Progressivement, je quittais mon allure de provinciale. J'avais dix-neuf ans, je mangeais mes premiers sushis, je découvrais les Monoprix qui ouvrent très tard et les taxis hélés à trois heures du matin. Aussi, je prenais confiance en moi. J'avais survécu à la première année, et je me sentais revivre.

Lors d'une soirée étudiante, j'ai laissé un garçon s'approcher de moi. Le sol collait à nos baskets, la langue était sale, hyperactive, le garçon entreprenant, les décibels à leur maximum. « Les lacs du Connemara » cognaient dans nos tympans épuisés, les néons aveuglaient mes yeux pourtant fermés et concentrés sur ce bout de vie à saisir.

Deux jours plus tard, mon cœur battait avenue des Gobelins. Thierry me devançait, je naviguais à vue sur son parquet, je me perdais dans les couloirs, j'observais les livres sur les étagères. Ses parents étaient psychanalystes. Il m'a montré sa chambre, le lit défait, le grand miroir. Il a dévisagé mon reflet, a chuchoté que j'étais jolie ; à ce moment-là, à deux doigts du grand saut avec ce garçon que je venais à peine de rencontrer, j'ai entendu la voix de Vincent, que j'ai repoussée en ôtant mon sweat.

Avec Vincent, il ne se passait plus rien. Depuis notre loupé, il prenait ses distances, qui se mariaient parfaitement aux miennes. L'été 2003, alors qu'il vivait toujours à Berlin et n'avait manifestement pas pris la décision d'en finir avec son école et cette ville, nous nous sommes vus chez nos parents une seule fois, autour d'un barbecue. Nous agissions comme deux inconnus, ou plutôt comme deux voisins d'enfance. Nous avons pris de nos nouvelles mais aucune nouvelle de nous, même si j'ai eu le sentiment, à plusieurs reprises, que Vincent me cherchait du regard. Seulement, les choses avaient bougé. Je ne pensais plus à lui, ce qui ne m'étonnait même pas. Ça désorientait davantage Alexandra qui de temps à autre me questionnait :

— Et au fait, Vincent ?

— Vincent ? Rien Vincent.

Voilà, Vincent était déjà un souvenir, ou plutôt un oubli. Il était d'une autre vie, de ma première jeunesse.

Avec Thierry, nous révisions dans sa chambre, nous buvions dans sa chambre, nous nous faisions livrer des repas dans sa chambre, nous faisions l'amour dans sa chambre ; ses parents n'étaient jamais là, bossaient tard, assistaient à des conférences. Je rentrais très peu chez les miens. J'avais toujours des choses plus importantes à faire, entre mon stage en gastrologie, les copains et les cours auxquels je n'assistais pas souvent puisque l'on se relayait entre camarades.

Juste après les fêtes de Noël, nous sommes partis au ski en bande. Thierry a loué un chalet, et nous avons emprunté la voiture de ses parents. Nous mangions des raclettes à nous endormir et hurlions des chansons paillardes sur les pistes – *l'avion, l'avion, l'avion, ça fait lever les yeux, les femmes, les femmes, les femmes, ça fait lever la queue… Allez, tout le monde sur la piste !* – parce que nous étions les rois du monde.

Nous sommes rentrés début janvier à Paris. Dès le lendemain matin, je recevais un e-mail de Vincent. Je l'ai lu au réveil, des courbatures plein les jambes, un café dans mon lit, ma lourde couette sur le ventre. Dans mon studio, il faisait toujours froid.

4 janvier 2004, 11 h 19

Salut Emmanuelle,

j'espère que tu vas bien et que le Noël chez tes grands-parents s'est bien passé. Un mail pour te souhaiter une bonne année. Une meilleure que l'année dernière ? Et qu'as-tu fait le 31 décembre ?

VS

Je n'ai pas réagi. C'était mon grand truc de ne pas réagir. Je ne m'en voulais pas. Pendant des mois, j'ai manqué d'attention, j'ai lu ses e-mails à la va-vite, je ne décelais pas ses tentatives, ses attentes. Il m'attendait, je crois. Il me relançait discrètement, ne poussait jamais trop la porte, glissait à peine le nez. Je songeais parfois à l'adolescente que j'avais été. Qu'aurait-elle pensé de tout ça ? Et puis, dans la foulée, j'attrapais ma veste, j'enfilais mes baskets et je courais rue Mouffetard rejoindre les autres, surtout Thierry qui m'appelait *ma belle Emma.* Vincent s'évaporait dans la fumée de mes premières cigarettes et le goût du Cointreau.

20 mars 2004, 9 h 12

Emmanuelle,

je te souhaite un joyeux anniversaire. Vingt ans, ça te fait quoi ? Je ne le dis pas beaucoup mais je pense souvent à toi.

VS

23 mars 2004, 19 h 10

Salut Emmanuelle,

j'ai passé un week-end à faire le gros touriste, nous sommes allés voir le mur de Berlin… C'est banal, je sais, mais j'ignore quoi dire pour que tu réagisses ? En pièces jointes, des photos de street art, j'espère que ça te plaira.

VS

4 avril 2004, 9 h 12

Emmanuelle,

sérieusement ? Tu ne réponds plus ? Est-ce que ça va ?

VS

4 mai 2004, 9 h 12

Emmanuelle,

je me suis promis d'attendre un mois avant de t'écrire à nouveau. Ça fait un mois. Que fais-tu ? Que vis-tu ? Ma mère m'a dit que tu allais bien. Mais j'aimerais avoir de tes nouvelles autrement.

Vincent

14 mai 2004, 00 h 03

Emmanuelle, j'abdique.

26.

— Emmanuelle ? Tu m'entends ?

— Hein, oui ?

— Tu as quoi sur ton *petit papier* ? me demande Jean.

— Je cherche quelqu'un qui parle le russe.

Nous discutons en nous balançant sur nos fesses : des serveurs s'affairent avec des plateaux à bout de bras et surgissent de toute part pour déposer devant nous des bouteilles de vin rouge et les entrées. Je remercie la main qui m'offre une assiette quand Jean m'apprend qu'il parle le russe.

— Tu ne savais pas ?

Alors, non, je ne savais pas. Maintenant qu'il me le dit, je l'ai peut-être su. C'est un fait, ma mémoire ne peut pas être au four et au moulin.

Le menu indique *crème brûlée au parmesan et à la tomate séchée, accompagnée d'une torsade à la Saint-Jacques.* La pâte feuilletée, ça en laisse plein les dents, il faut que je mange bien *au fond.*

Pierre se jette sur la nourriture. *Les deux* l'imitent, Sandrine baille, Jérôme remplit nos verres, Vincent tend le sien et, moi, j'attends. Un silence vient de nous gagner ; nous avons saisi nos couverts et puis plus rien. Même la table de Joël est plus animée, et je dis ça comme si ça m'étonnait. Ça n'étonne en réalité personne. Joël parle tout seul et tout le temps, il a toujours une anecdote à partager, une bonne blague à raconter, un index à tendre, *tire sur mon doigt*. Petite, ça me faisait franchement rigoler, j'aimais bien tirer sur le doigt de Joël, et me vient la pensée gênante que je pourrais tendre le doigt à mon frère, et alors peut-être que tout le monde rirait, *décidément, les Dijon, de vrais comiques* ! La scène se précise dans mon esprit, je ressens comme une pulsion à le faire, à la manière de ces gens qui, quand le métro passe, visualisent leur corps se jeter sur les rails dans un vol plané au ralenti, et j'en conclus présentement qu'il vaut mieux se laisser traverser par des pensées gênantes que des pensées suicidaires.

Mon frère brise le silence.

— C'est délicieux, qu'il dit.

— La Saint-Jacques, ce n'est pas tous les jours, salive Jérôme.

Nous y sommes : quand il s'agit de combler un silence à table, autant parler de ce que nous mangeons. Chacun s'empare de son menu et s'amuse à commenter la suite :

— Le magret de canard en plat, avec une sauce aux cèpes, quelle excellente idée ! balance Marina.

— Et pour les végétariens ? demande Pénélope, que nous savons tous végétarienne.

Jean s'empresse de rétorquer qu'elle n'aura que des cèpes, *et un peu de sauce si tu es sage*, et Jérôme, toujours premier degré et au courant de tout, répond qu'une poêlée de légumes de saison viendra combler son estomac, *ne t'inquiète pas, ma chérie.*

— Un, deux, un, deux.

Voilà que Chloé nous évacue de cette conversation sans intérêt. Elle tapote le micro et l'approche de sa bouche. Un larsen nous bousille les oreilles, Andrew tourne mille boutons sur la sono, et Jérôme se lève d'un bond pour les secourir. Joël s'amuse d'un *bah alors la jeunesse !* Une fois que tout est rentré dans l'ordre, Chloé nous souhaite un bon appétit et se lance dans un discours. Plus à l'aise que je ne l'ai jamais été en public, elle entame son grand oral telle une conteuse.

— Il était une fois deux petites filles qui tracent des marelles et se lancent dans la vie. Elles ont cinq, six ou sept ans, elles se font un pacte, celui d'être amies pour toujours…

— Beau ! Beau ! s'exclame Joël, que Chloé n'écoute pas afin de poursuivre.

De toute évidence, l'assistance est conquise. Voilà que la rencontre d'Avril et de Chloé sur la placette émeut. Bien entendu, après la situation initiale, place à l'élément perturbateur : Nicolas. Et même s'il ne perturbe pas leur amitié, il oblige le duo à se transformer certains jours en trio. S'inscrit ensuite la phase des péripéties. On revient sur la chute mémorable d'Avril à vélo et sur la plus grosse bêtise des deux inséparables, celle d'avoir volé des sachets de perles collés à des magazines au kiosque du village, mais aussi sur la fugue qu'elles ont minutieusement préparée pendant des semaines jusqu'à ce que la trouille les rattrape ; à peine arrivées à l'arrêt de bus, elles ont fait demi-tour, non par lâcheté, mais parce que le plus intéressant dans ce projet, c'était bien de le concevoir. Après les péripéties amicales, les péripéties amoureuses : les garçons du collège, les premières conversations sur le sujet, le sentiment que jamais, ô grand jamais, elles ne rencontreront un amoureux gentil, et puis la résolution, Nicolas. Comme quoi, on peut perturber son monde et puis le remettre sur pied.

J'imagine que la situation finale ne sera autre qu'une jolie citation sur l'amour pondue par Chloé, *c'est quand tu ne cherches pas que ça te tombe dessus*, ou *parfois l'amour est juste sous ton nez, la preuve il était sur la placette.* Je le vois venir, et je me dis que le problème, avec Vincent, était peut-être là : dans cette conscience aiguë de l'amour qui se trouve sous le nez. C'était si confortable que nous n'avons pas cherché à créer la relation, puisque la relation s'imposait.

Je n'ai pas le temps de développer ma pensée que mon téléphone sonne. Je subis une avalanche de regards noirs, et je vois bien que je n'ai aucune excuse. Être la sœur de la mariée n'exempte pas d'être polie.

Le prénom de *Pabol* s'affiche sur mon téléphone, c'est Pablo, mais avec une faute. J'ai enregistré son numéro de cette manière, le soir de notre rencontre il y a quatre ans, et depuis je ne me suis jamais résolue à corriger, par flemme mais aussi par superstition, comme si notre histoire était partie de ça, de cette coquille, et que ce *Pabol* tapé frénétiquement dans une cage d'escalier posait un cadre, ancrait un départ, un itinéraire.

Je réponds précipitamment pour couper la sonnerie, consciente que m'éclipser à ce moment-là n'est pas correct, mais après tout je pourrai toujours raconter que c'était une urgence, une femme au bloc, césarienne en cours, question cruciale à me poser, et ainsi de suite, et on me croira, surtout Joël.

À l'extérieur, la voix de Pablo me fait un drôle d'effet, comme si je l'avais oubliée, du moins comme si elle appartenait à un autre temps, qui sait, une autre vie, comme si je ne l'avais pas entendue depuis sept éternités dont quatre à revisiter mon passé et l'amoureux de mon enfance. Parallèlement, je dois dire qu'il me délivre de la misère dans laquelle je patauge, entre les végétariens, les *ne t'inquiète pas, ma chérie*, et Chloé qui hurle dans le micro de peur qu'on ne l'entende pas.

— Comment tu vas ? Comment ça se passe ?

— Bien, on vient de terminer l'entrée, et c'est le discours de Chloé là. Et toi ?

— Ma cousine vient de me toucher le mollet.

Il ajoute que *c'est con quand même que tu ne sois pas là*, et moi je me demande ce qu'ils ont tous avec cette formule, ce soir. Sans le vouloir, *Pabol* me ramène à Vincent et à l'objet de mon enquête en cours. Si, avec un peu de chance, le discours de Chloé est terminé et Sandrine aux toilettes, je pourrai de nouveau interroger celui que je dois interroger, parce que, s'il y a bien quelque chose de con à l'heure actuelle, c'est ce mystère non résolu.

27.

L'été approchait. La bande de médecine se dissolvait. Certains abandonnaient la fac, d'autres projetaient de mener leurs études ailleurs. Alexandra a perdu son père et s'est réfugiée dans sa famille dans le Sud. Thierry a choisi de partir un mois en Croatie avec des amis d'enfance, et je ne lui en ai même pas voulu. J'avais envie de me poser. La vie, étrangement, prenait une nouvelle forme. Je suis rentrée chez mes parents pour les vacances, je n'avais plus rien à faire à Paris.

À peine ai-je franchi le seuil de la maison que ma mère m'a dit :

— Tu peux t'installer à l'étage mais il y a du changement.

J'ai grimpé les marches de l'escalier deux par deux puis, essoufflée, j'ai poussé la porte de ma chambre lentement, d'un geste qui détonnait avec ma précipitation. Sur le lino, j'ai découvert Avril assise en tailleur. Elle m'a accueillie d'un sourire puis a tourné la tête en épiant les murs, comme pour m'inviter à observer les lieux, ou bien pour accompagner mon regard qui, en réalité, devançait le sien.

Le papier peint avait été arraché, et, à la place, une couche de peinture beige remplaçait mon mur nantais. Des posters de bébés envahissaient l'espace. Ma mère, qui m'avait talonnée, a parlé : *Ta sœur a décidé de récupérer ta chambre*, et ma sœur a confirmé, de sa voix d'adolescente : *Dans ta chambre, il fait plus chaud avec le conduit de la cheminée.*

Je n'ai rien dit. Il n'y avait rien à dire. Je ne vivais plus ici. J'ai fait marche arrière et pris possession de la chambre de ma sœur, dans laquelle une partie de mes affaires étaient déjà entassées. Ma mère avait pris soin d'aligner mes vêtements dans l'armoire qui demeurait grande ouverte, prête à absorber le contenu de ma valise pendant près de deux mois.

Durant le mois de juillet, j'ai trié mes vieilles affaires. Mes parents y tenaient.

— Tu pourrais récupérer des choses pour Paris, disaient-ils.

J'ai également aidé Avril à vider mes derniers placards sous les combles. Je suis retombée sur de vieilles photos, sur ma rédaction de collégienne qui traitait de Vincent, et puis sur ma lucarne chaque fois que j'entreprenais de faire une pause. La chambre de Vincent était désormais celle de

Nicolas – lui aussi avait profité du départ de son frère pour investir l'espace. Je dévisageais *leur* fenêtre et me sentais persécutée par le silence alentour. Des bagnoles empruntaient la départementale. Et nous ? J'ai fermé trois cartons et rouvert mon cœur. Parfois, l'amour, c'est aussi simple que ça.

Vincent a repris place dans mes journées et dans mes projections, au départ tranquillement, et puis avec ferveur. Je me demandais à quel point les souvenirs et les décors pouvaient recharger un cœur, prenant conscience du même coup que je me débrouillais à merveille pour réveiller mes sentiments et retrouver le confort – quoique parfois inconfortable – d'être amoureuse de Vincent. Je m'agrippais à la moindre pensée l'invoquant et la multipliais par mille, puis de nouveau multipliais par mille les mille pensées en cours. Je ne savais pas si mon amour pour lui avait manqué de disparaître ou si j'étais en train de le repêcher quelque part ; toujours est-il que mon petit jeu mathématique a fini par me voler mon sommeil. Je grimpais à vélo tous les deux matins pour revivre d'un peu plus près ce qui n'existait plus. Une part de moi tenait à retrouver cette histoire, de la même façon que je tenais à ma chambre, à la placette, à nos enfances, aux réflexions d'Anouk qui aimait me demander : *Il t'appelle, ton amoureux ?*

Face à cette question, je pensais à Thierry en sachant pertinemment qu'elle pensait à Vincent, et je dois avouer que ça m'arrangeait et me flattait, parce que, dans la bouche d'Anouk, nous étions amoureux, tandis que la personne qui m'appelait réellement tous les soirs, c'était Thierry.

Peut-être aussi que Thierry me ramenait à Vincent, malgré lui. Notre relation ressemblait de près à celle que Vincent et moi aurions pu vivre, même si Anouk et Michel n'avaient pas franchement des profils de psychanalystes. Simplement, Thierry m'appelait quotidiennement depuis la Croatie comme j'aurais aimé que Vincent m'appelle tous les jours depuis Nantes, et c'était la première fois que je vivais quelque chose de plus ou moins sérieux, comme on dit, quelque chose qui tient la route, des rendez-vous au départ et une certaine constance par la suite.

Dehors, nos jeux d'enfants avaient disparu. Sur la placette, Avril et Chloé discutaient le soir, installées à même le sol. Je m'asseyais avec elles sur le goudron encore chaud des heures éteintes. Pierre et Julien se joignaient parfois à nous. Laura n'habitait plus là, Anne-Sophie non plus.

Tous les cinq, nous parlions calmement, nous riions parfois, et j'observais les lieux avec l'étonnante sensation de les avoir quittés hier. Je n'étais pas partie bien longtemps. Qu'avais-je fait, finalement ? Un schéma du cœur, des révisions, une première année, un stage, une nouvelle rentrée, des vacances au ski. Et maintenant ? Nous marchions dans les bois en pleine nuit et n'avions même plus peur. Nous allions *au pain* pour rendre service à nos parents et le chemin jusqu'à la boulangerie nous paraissait étonnamment court. Rodrigo, toujours en vie, ne nous effrayait plus quand il aboyait. Où était passée l'enfance ?

Avant de dormir, et allongée dans mon nouveau lit, je fixais le plafond et le lambris étoilés – ma sœur avait flanqué des autocollants lumineux dans tous les sens. Les constellations n'existaient plus ou tentaient de se réinventer. Je me sentais perdue. On m'avait mise à la rue de mon enfance tout en me plongeant la tête dedans. Il ne faudrait pas souvent recroiser l'enfance, ou bien seulement dans quelques souvenirs racontés au détour d'un apéro. Je ne comprenais pas ce que j'étais en train de perdre, parce que tout ce qui s'évaporait était pourtant sous mes yeux, tenace ; ma chambre *d'ami* m'était familière, l'odeur de la maison l'était tout autant, ma sœur n'avait pas changé et mon frère me paraissait être encore un enfant. Sur la placette trônaient toujours les plots électriques et les voisins. En près de quinze ans, aucune famille n'avait déménagé et le sapin aux boules étranges se portait à merveille. Tout était là sauf Vincent, et mon cerveau était si rigide à ce propos que je voyais son absence un peu partout ; elle devenait une présence.

Avril sentait que je peinais à prendre mes marques, que quelque chose clochait. Elle m'étreignait parfois le soir. Il lui arrivait de passer une main dans mes cheveux comme le faisait Anne-Sophie à l'époque. Ma sœur reproduisait ce geste qu'elle savait certainement réconfortant en me posant des questions sur Paris. Elle avait hâte, elle aussi, de s'enfuir, et me répétait que j'avais *trop de chance.* J'estimais, pour ma part, qu'elle avait *trop de chance* d'habiter là, de bien manger, de profiter des lessives des parents et des copains à l'extérieur.

De temps en temps, elle m'interrogeait sur Thierry mais toujours en incluant Vincent. *Tu préfères lequel ?*

Je lui rétorquais que *ça ne marche pas comme ça* ; pourtant, je connaissais la réponse même si je choisissais de l'éviter. Les coups de fil de Thierry m'intéressaient de moins en moins. Sa voix ne me parlait plus. Je répondais brièvement, l'esprit davantage accaparé par les voix d'Avril et de Nicolas qui résonnaient au loin et sous un véritable ciel. Accoudés à leurs nouvelles fenêtres – *les nôtres* –, ils discutaient parfois jusqu'au petit matin. Quand je ne parvenais pas à m'endormir, je me laissais bercer par leur conversation et repensais aux trois derniers mots que Vincent m'avait adressés. *Emmanuelle, j'abdique.* Cet e-mail, que j'avais ignoré, pesait désormais de tout son poids. Je le relisais en boucle. J'espérais y découvrir d'autres mots, une promesse, une grande déclaration. Alors, je cherchais la bonne nouvelle entre les lignes, six lignes plus bas ou bien six lignes plus haut. La bonne nouvelle est arrivée début août.

28.

Quand je regagne la salle, Chloé a terminé son discours. Les applaudissements cessent peu à peu tandis qu'est projeté à la seconde le PowerPoint tant attendu que les demoiselles d'honneur ont élaboré, à croire que, dans tous les mariages, tout le monde ne vient que pour ça, se délecter des photos des mariés plus jeunes et puis plus vieux, et se taper une bonne tranche de rire face aux clichés ratés et aux visages alcoolisés. Le diaporama d'Avril et de Nicolas diffère quelque peu de ce que l'on voit d'ordinaire. Il s'ouvre sur le fameux cliché du *doucemé*, puis l'on découvre les mariés à l'âge de trois ans, posés dans la pelouse, assis sur la balancelle, en train de jouer avec une chèvre, une Barbie, un skateboard, un cerceau, en train de prendre un bain, le soleil, une grenadine. Avec, en arrière-plan, le paysage de notre enfance : la placette et nos vieilles bagnoles de l'époque, des volets qui ont changé de couleur et des portails à l'ancienne remplacés par du matériel moderne. Toutes ces images me bousculent, je me répète que *c'est con quand même* parce que c'était joli, tendre, franchement enveloppant, que ce temps me manque même si c'est agréable d'avoir une carte bancaire et aucun compte à rendre, et je fais le pari fou que la table Jacinthe faiblit comme je faiblis.

Je m'y attendais forcément, à la façon dont on s'attend à un mal de crâne un lendemain de cuite : sur plusieurs photos, Vincent et moi apparaissons, parfois séparés par les autres, parfois côte à côte. C'était exactement ce qu'il me fallait pour m'enfoncer davantage, pour me replonger dans des souvenirs qui se précisent à mesure de ces vieux décors et de nos visages puérils. Je ressens un immense malaise, aussi le désir de tourner la tête vers Vincent et de lui sourire en grand, parce qu'un instant, j'ai quinze ans et la certitude que nous en sommes encore là, parce qu'il me paraît inconcevable que vingt années se sont écoulées depuis, et parce que ces photos sont la preuve de qui nous avons été, j'ai envie que l'assemblée compatisse, mieux, qu'elle s'insurge, qu'elle trouve ça injuste et dommage et insensé, voilà c'est le terme, toute cette histoire est *insensée.*

— *Adorable,* chuchote Sandrine, qui commente le diaporama et semble corriger mes pensées avec son adjectif à elle.

On nous voit, Vincent et moi, en train de caresser une chèvre à notre tour. Je dois avoir sept ans, lui huit, c'était la période beignets d'acacia et chats perchés.

En fond, on discerne Avril et Nicolas qui s'extasient devant des poules. Je meurs d'envie d'observer Vincent, ses traits, son expression, l'effet des souvenirs dans ses yeux, je suis persuadée qu'il ne peut pas tricher, mais je n'ose absolument pas, mais je veux, mais je n'ose pas, mais je veux, et après trois cents allers-retours cérébraux éprouvants, je finis par le regarder : un sourire est dessiné au coin de ses lèvres, il sourit dans le vide, il ne sourit à personne, il sourit devant les annales de notre enfance, mais il ne faut pas s'emballer, la chèvre y est peut-être pour beaucoup.

La fin du diaporama montre davantage Avril et Nicolas, il faut dire qu'il s'agit de la trame de la soirée et qu'à l'époque où ils ont engagé leur histoire, Vincent et moi désertions le paysage. Il filait pour la Chine, j'étais toujours à Paris, notre relation ne rimait à rien.

De nouveau, des applaudissements retentissent, ce PowerPoint a généré l'effet escompté. Désormais, les mariés sont invités à danser sur « La chanson des vieux amants », de Brel. Ma sœur manque de trébucher tant l'émotion la submerge, et s'appuie sur Nicolas. Une fois l'équilibre retrouvé, l'euphorie cède sa place à la poésie, la salle entière se terre dans le silence, subjuguée par ce couple amoureux. À titre personnel, je passe de la nostalgie au chagrin ravivé, j'ai le cœur un peu serré malgré tout ce qu'on en dit, et par tout ce qu'on en dit, j'entends l'idée selon laquelle à trente-cinq ans on ne s'entiche plus de tout ça, on a grandi, mûri, accepté, mais quand Vincent est dans les parages, je ne vieillis pas, je n'apprends pas, je suis bloquée. Je n'ai visiblement pas fait mon deuil, ou bien je l'ai fait cent fois sans résultat. Ce sont des choses qui arrivent.

Je regarde ma sœur et Nicolas danser, je les regarde se regarder, c'est beau de se regarder comme ça, et je suis obligée de constater qu'Avril et Nicolas naviguent dans l'évidence, qu'entre eux il n'a jamais été question de oui, de non, de peut-être, de tempête, de slip jaune, de cochon d'inde enterré, de distance insurmontable, de *j'abdique*, de larmes silencieuses et de déceptions répétées. Je suis convaincue de leur longévité amoureuse, convaincue qu'un jour, ils feront des enfants, plusieurs enfants, et puis ils auront quarante ans, cinquante ans, ils visiteront le Pays basque des tennis aux pieds, ils feuilletteront le guide du Routard sur une terrasse à Saint-Jean-de-Luz en projetant leur séjour et en marquant des pages. Je suis convaincue qu'Avril aura prévu la veste valable en toute saison pour avoir ni trop chaud ni trop froid, que Nicolas portera ses éternels tee-shirts en commandant une bière de fin de journée, et que leur fille aînée leur enverra alors un message pour donner de ses nouvelles et de celles de sa fille, leur petite fille, car bien sûr ils seront grands-parents mais ne se sentiront pas décrépir. Ils auront des conversations actuelles sur un ton actuel, ils seront les mêmes qu'à cinq ans, qu'à vingt ans, ils seront le couple solide que l'on espère tous connaître en cachette, et moi, dans trente ans, qui serai-je ? La question m'effleure et, sans transition, je pense à la chèvre présente sur les photos. Je me dis que, maintes fois, dans les histoires d'amour, le premier témoin est une table. On se fait du pied dessous, on se tient la main dessus. Il y a toujours une table, souvent un verre, enfin plusieurs verres, parfois un sous-bock que l'on ne déchiquette pas ou pas encore. Dans notre cas, il y a une chèvre, le dos d'une chèvre et nos mains réunies qui la caressent. Et, à l'instant même, il y a nos deux mains qui approchent du morceau de pain auquel tout le monde a renoncé par courtoisie, nos deux mains qui se tutoient et nos regards éloquents qui disent *vas-y, non, vas-y toi.* Il y a dans les yeux de Vincent ce que j'ai longtemps cherché : le choix. Le choix de faire avec ou de faire sans, tandis que la vie n'a guère été conciliante. Alors, j'insiste, *prends-le, il te tend les bras,* et je visualise mes bras si longtemps tendus quand les siens étaient ballants, et inversement. Je visualise sa nonchalance des jours sans et mon excitation des jours avec. Il refuse de manger ce morceau de pain, décale la corbeille vers moi. Son index frôle mon pouce. Je lui propose de partager, il renchérit que *oui, ça fait longtemps que nous n'avons pas partagé quoi que ce soit* et que *ce serait con de ne pas le faire.*

29.

Un matin de l'été 2004, la bonne nouvelle est donc arrivée. Je prenais mon petit déjeuner sur la terrasse quand j'ai entendu Anouk crier depuis le jardin des Schneider :

— Quelle surprise !

Elle a dû répéter ça une dizaine de fois. La surprise a rapidement porté un prénom : Vincent était de retour, et il l'était *pour de bon.* J'ai cru que j'allais rendre mon lait.

Toute la journée, j'ai navigué de fenêtre en fenêtre dans le but d'apercevoir Vincent. Je connaissais les meilleurs spots de la maison, et il me fallait une garantie. Le soir venu, Avril a confirmé :

— Vincent est rentré ! Il a fini son stage en Allemagne et il ne veut plus y retourner !

J'ai alors pensé que son *Emmanuelle, j'abdique* n'avait peut-être rien à voir avec moi. Le lendemain, je me suis pointée chez les Schneider, Nicolas m'a ouvert, il a appelé son frère, son frère s'est présenté, m'a dévisagée et a lancé un *salut.*

J'ai répondu *salut*, et il a refermé la porte. Je suis rentrée rendre mon lait.

Les jours suivants, j'ai arraché toutes les étoiles en plastique collées au plafond de ma chambre de substitution. La scène était pathétique, je pleurais et m'énervais, j'insultais les murs, j'insultais la moquette violette, j'insultais la fenêtre et sa vue dégagée sur la placette. Il a fallu une bonne semaine pour que je me calme et que Vincent et moi nous retrouvions dehors avec les autres. Mêlés au groupe, nous n'étions pas forcés de nous adresser la parole, même si tous les copains nous y poussaient.

— Faut pas faire ces têtes, les amoureux, disait Julien.

— Vous voulez récupérer vos chambres ? demandait Nicolas, très sérieux.

Nous ne bronchions pas, enfin surtout Vincent. Il se contentait d'expliciter les raisons de son retour. *Trop marre de l'Allemagne, stage intéressant mais rythme impossible à tenir, je vais faire un master à Paris.* Au fil des confidences, ses yeux harponnaient les miens, peut-être pour vérifier que je l'écoutais ou pour m'avouer que tout ça, il aurait aimé me le raconter avant. Quand il parlait de Paris, il insistait. *Paris, Paris, Paris.* J'accueillais cette ville et son regard comme le pas que je conjurais, aussi la preuve que le silence entre nous ne durerait pas.

Fin août, nous avons fêté son anniversaire chez les Schneider. Anouk était tout excitée par le retour de son fils et ne cessait de me sourire, complice, l'air de dire *ton amoureux est là !* Michel, lui, était un peu préoccupé par cet *abandon* d'études alors même que Vincent comptait poursuivre à *Paris, Paris, Paris.* Tout ça ne nous a pas empêchés de nous amuser. C'est d'ailleurs ce soir-là que Vincent et moi nous sommes retrouvés :

— Toi, le futur docteur, tu sais combien de temps il faut pour digérer ? a-t-il lancé en regardant ses pieds, appuyé contre une vitre de la véranda.

— Quoi ? Les gougères de ta mère ?

— Non, le fait que tu n'aies jamais répondu à mes e-mails.

Il m'a mouchée. J'avais bien conscience que je devais répondre par tous les moyens et que le silence n'en était pas un.

— Je suis désolée, j'ai dit.

C'est tout ce qui m'est venu. Oui, j'étais désolée, désolée de m'être échappée, désolée de ne pas avoir répondu à ses e-mails, désolée d'avoir mis mon énergie ailleurs et désolée de comprendre seulement maintenant que le projet de vivre sans lui ne me bottait pas le moins du monde. Puis, j'ai ajouté qu'*on digère en quatre heures environ.* Il a alors saisi ma main et joué avec mes doigts. C'était timide et un peu réfléchi. Je voyais bien que ça l'emmerdait, que c'était facile. Je voyais bien ses sentiments et je savais bien les grands mots, le *j'abdique* que l'on balance un soir pour se forcer à reculer tandis que l'on ne recule pas. Quand on abdique réellement, on abdique sans prévenir.

Nous sommes restés ainsi pendant de longues minutes, parce que ça lui coûtait de *revenir.* Finalement, ça me coûtait bien moins, alors j'ai serré sa main parce que j'en avais marre qu'il me tripote niaisement les doigts. Il faut dire qu'avec Thierry, j'avais gagné confiance en moi. J'avais *pratiqué* l'amour et rongé ma timidité à mesure des soirées parisiennes.

— On peut aller courir demain, si tu veux ?

— Je dois aller à La Truchère ramasser les mirabelles.

— Ah.

— Tu voudrais venir ?

J'ai dit non, et il n'a même pas ri. Le lendemain, ni une ni deux, nous empruntions le Berlingo de Michel, qui nous a expliqué pendant quinze minutes comment prendre soin de son antiquité. Il a également chargé le coffre de cagettes *pour les mirabelles,* nous enjoignant par la même occasion de cueillir les aubergines parce que *maman fera de la moussaka.*

Vincent a démarré. Sur la placette, tout le monde secouait les bras pour nous dire au revoir.

— Salut les amoureux ! criait Anouk.

Il en aurait été de même si nous étions partis camper trois semaines ou rencontrer le curé de notre future union. Personne n'imaginait une seconde que cette excursion improvisée nous mettait légèrement mal à l'aise. Durant les deux heures et trente minutes de route, direction la maison secondaire des Schneider, nous sommes demeurés quasi silencieux – les mots prononcés se résumaient à *tu veux boire ?* Nous nous demandions certainement ce que nous étions en train de faire, lui en train de s'arranger avec sa rancune, moi en train de prier secrètement pour qu'il n'abdique plus jamais, ou seulement à sa manière.

30.

Cette fois, je vais parler à Vincent, je vais saisir la brèche, je vais foutre le feu. Je dispose d'au moins dix minutes avant que le plat ne soit servi, c'est Joël qui nous a prévenus en passant à notre table dans l'intention de sortir fumer un cigarillo, ce à quoi Jérôme a répondu que, de toute façon, il le tiendrait au courant.

Les planètes sont d'autant plus réunies que Sandrine s'est absentée pour changer le petit. Jean et Jérôme causent programme avec Pénélope et Marina, parce que, oui, il y a un programme, un programme lui-même agrafé à une liste de chansons disponibles pour le karaoké. Seul Pierre est encore à notre table, mais mon frère n'est pas un obstacle à mon initiative, il est même une bouée de sauvetage. Je sais qu'en cas de plantage, de sable mouvant, de noyade, il viendra me repêcher, il se pourrait même qu'il tende un doigt, *tire sur mon doigt*, et voilà, on n'en parlerait plus.

J'emprunte donc le boulevard qui s'ouvre devant moi, je reprends là où nous en étions, et soupire :

— Sacré Rodrigo.

Vincent met une seconde à raccrocher le fil et répond que *oui, sacré Rodrigo.* Sauf que je n'ai rien prévu d'autre, alors mes neurones s'énervent, il me faut dégotter un souvenir à tout prix, un événement qui nous relie, et rien ne me vient si ce n'est notre départ pour La Truchère.

— Tu veux boire ?

Il confirme, tend son verre, et c'est tout. J'avale un morceau de feuilleté oublié dans mon assiette pour me donner de la contenance tandis que mon frère se lève pour aller fumer – lui aussi – et dessiner des nuages devant le bâtiment. Vincent et moi sommes désormais en tête à tête, et tandis que j'aperçois Monique qui contemple une bicyclette ornée de fleurs à deux pas de nous, je me sens inspirée :

— Vous faites beaucoup de vélo en Suisse ?

L'espace d'un instant, je me trouve ridicule, jusqu'à ce que je tempère moi-même mon ridicule : après tout, le vélo pourrait nous ramener à celui de notre enfance. Mais voilà que nous débattons alors de pistes cyclables, d'aménagements bien pensés ou mal pensés, d'une France en retard sur la question malgré les efforts du gouvernement, et je glisse, maline, que ce n'est pas faute d'avoir pédalé gamins et que, moi, je me rends au boulot tous les matins à bicyclette – ce qui est faux. Vincent rebondit sur mes aveux, précise que c'est super, qu'il n'a pas cette chance, qu'il doit prendre la voiture pour aller bosser et qu'il profite des week-ends pour exercer sa passion. Je secoue la tête dans le bon sens, fort intéressant, et pour me détendre, j'ose penser que le vélo et le boulot demeurent des sujets toujours plus excitants que la météo. Le ciel semble m'entendre, du moins lire dans mes pensées, puisqu'il se met à tonner, et que, sans pouvoir contrer les forces divines, nous bifurquons :

— Ça y est, ça pète, dis-je.

Je sens que j'échoue, que je me vautre, que je n'y arrive pas, et qu'il va me falloir faire preuve de témérité et de clarté. La prochaine fois, je lui demanderai clairement ce que signifiait son *c'est con quand même*, car visiblement j'essaie de pénétrer le sujet par tous les bouts, d'entrer par toutes les fenêtres, mais seule la porte principale me permettra de trouver la clé.

Le miracle existe, ou pas, mais Vincent semble s'accorder à ce qui me triture l'esprit, parce qu'il me lance, après le coup de tonnerre, que c'est perturbant de marier son petit frère. Ses yeux me troublent. Ça ne fait aucun doute : Vincent veut revenir à la conversation qui me tient à cœur. Pour développer, il baisse la tête, m'indique sa chevelure, l'espace au milieu qui se dégarnit, le terrain qui se défraîchit, sermonne alors les années qui passent et s'attaquent sournoisement aux cheveux, et c'est exactement ce qui le perturbe dans le mariage de Nicolas : son plus jeune frère fêtera bientôt ses trente-trois ans, il n'est plus le petit garçon à la bouille généreuse, il ne sent plus le biscuit et le lait, il ne cherche plus Avril sur la placette, il fait bien mieux que ça, bien plus géant que ça, il l'épouse.

Vincent poursuit la conversation, dévie sur les sentiments que Nicolas a toujours éprouvés pour Avril, sur cette fidélité dont il a fait preuve, à cinq ans il était amoureux, à dix ans aussi, à dix-huit ans aussi, jamais il n'a cessé d'y croire, sans relâche il a pensé qu'Avril serait la femme de sa vie, et aujourd'hui, c'est d'autant plus beau de constater qu'il avait raison. Me revient cette scène, scène que je n'ai pas vécue et à laquelle je n'ai pas participé – ou seulement dans l'esprit de Nicolas. C'était à l'anniversaire de Vincent, le soir où nous fêtions son départ à Nantes, le soir où nous avons fait l'amour pour la première fois. Nicolas était imbibé d'alcool, allongé sur le lit dans sa chambre au rez-de-chaussée, et il disait, complètement saoul, *j'aime ta sœur, j'aime ta sœur,* il croyait s'adresser à moi mais s'adressait à Avril qui le veillait. Cette dernière m'avait retranscrit la scène quelques jours plus tard, hésitante à l'idée d'en parler à Nicolas, mais elle avait préféré garder le silence pour le préserver, notamment parce qu'elle savait ses sentiments non réciproques. Il faut croire que cet épisode avait fini par faire son bout de chemin : durant les mois et années qui ont suivi, Avril a fait mine de ne pas voir les intentions de Nicolas, les mots bien placés, les tentatives maladroites et timides, mais elle a tout pris, tout pesé, elle a flirté avec d'autres garçons comme pour prendre conscience que seul Nicolas valait le coup, que celui qu'elle estimait être son meilleur ami pouvait bien franchir la barrière de l'amour, que finalement ils passaient leur temps ensemble tel un couple, et, un jour, elle a dit oui pour une balade, une soirée, jusqu'à cette virée à moto, comme si enfin on leur donnait l'autorisation, du moins Vincent leur donnait l'autorisation : il s'était envolé pour la Chine et nous n'existions plus, et alors Avril et Nicolas n'hésitaient plus.

Je cherche mes mots, je voudrais rebondir, revenir sur cette soirée, le jeu du paquet, « Cendrillon », l'amour, mais ça manquerait de délicatesse. Pourtant, j'ai prévu de manquer de délicatesse, je viens de me faire la promesse d'écraser la délicatesse, d'achever cette notion, d'être un peu moins précautionneuse :

— Cette soirée nous aura tous marqués quand on y pense.

Vincent sourit. C'est doux. Je lui souris aussi. Et puis, il me montre ses dents, il me les montre avec son index qui gigote devant, et je ne comprends pas, peut-être me montre-t-il sa dentition comme il vient de me montrer son crâne parsemé de cheveux rescapés. Mais puisque ce n'est pas très parlant, je reste coite, continue de sourire bêtement, prête à foncer tête baissée dans le souvenir de cette soirée, mais Vincent, incommodé face à mon incompréhension, me précise que j'ai de la pâte feuilletée entre les dents.

31.

J'ai découvert une maisonnette qui ne ressemblait pas aux images que j'avais élaborées plus jeune, émue de mettre les pieds dans ce décor mille fois projeté. Combien de fois avais-je visualisé Vincent ici ? Et combien de fois m'étais-je visualisée avec lui, ici et loin du monde ? Je pénétrais un rêve d'adolescente.

La Seille coulait à côté de la maison, et un grand terrain l'entourait. Une terrasse en bois nous tendait les bras. Vincent m'a fait faire le tour du propriétaire, puis nous avons déchargé le coffre avant de nous emparer de couvertures pour nous tenir chaud à l'extérieur.

Sur la terrasse, nous avons utilisé le réchaud pour manger des crêpes préparées par Anouk. Nous avons mis plusieurs minutes à entrer dans le bain des retrouvailles. Au départ, nous parlions surtout pour éviter les blancs – les deux heures de route nous avaient vaccinés. Nous peinions à nous regarder dans les yeux – lui plus que moi –, et passions par les célèbres quatre chemins : commentaires au sujet des crêpes, débat sur la meilleure façon de les plier et sur le rhum qu'il faut ou non incorporer. Quand les crêpes n'ont plus suffi, nous avons lu les étiquettes de nos bières. La bière nous a conduits en Allemagne et, enfin, Vincent a fait péter le loquet et est devenu bavard. J'ai même cru que je ne pourrais plus l'arrêter – ça tombait plutôt bien, je ne comptais pas l'arrêter. Il parlait à grande vitesse, comme s'il craignait de se laisser rattraper par une avalanche de ressentiments.

Il me racontait tout, il me racontait Berlin, son stage infernal, son envie de ne rien faire ou bien celle de trouver du sens à ce qui n'en a pas. Il n'avait qu'un désir : voyager, arpenter le monde, donner de son énergie à ce qui en vaut la peine, et, un jour, il le ferait. En attendant, il allait venir à bout de ses études pour *préserver ses parents*, et l'école qu'il venait d'élire à Paris était assez réputée pour que l'affaire finisse dans le sac.

Au-dessus de nous, les étoiles chantonnaient et, sous mon pull, des frissons s'invitaient. J'avais des chansons dans la tête, celles que j'écoutais à quinze ans, seize ans, dix-sept ans. Je prenais conscience que le temps était passé, que nous étions de grandes personnes – ce constat n'en finissait pas de me rattraper. Nous avons délaissé les bières et bu deux bouteilles de vin en trois heures, toujours en discutant du présent, rarement du passé, encore plus rarement de nous. Je lui ai raconté mes journées, le Paris houleux, la deuxième année de médecine et la respiration reprise, et puis aussi le contraste Alexandra, combien c'était génial de fréquenter une copine molle et lente, qui en plus allait devenir dentiste. Quoi de mieux qu'un dentiste mou et lent ? Cette fille avait été ma balise, ma récréation, mon air à moi, et Vincent acquiesçait.

Je n'ai pas parlé de Thierry. Il me semblait plus judicieux de le cacher, même si je ne cachais pas grand-chose. Thierry n'était plus un sujet. À croire que j'étais douée en la matière : je ne lui répondais plus depuis le retour de Vincent à Gré. Je n'étais pas très fière, mais quitte à s'apercevoir que le silence est capable de pourrir les relations et pose problème, autant dire que j'étais en train d'en régler un gros.

Vincent, lui, ne m'a parlé d'aucune fille. Peut-être n'avait-il fréquenté personne en Allemagne. Dans le cas inverse, j'étais plutôt contente de ne pas être mise au courant et de ne pas devenir une confidente, une vieille copine que l'on retrouve et à qui l'on dresse le tableau amoureux des derniers mois. Sa discrétion m'allait très bien, elle signifiait que j'étais toujours à ma place et que cette place était la bonne.

Plus tard, nous avons allumé la radio. Al Bano et Romina Power chantaient « *Félicità* ». C'était la joie à l'italienne, c'étaient nos regards de nouveau amoureux et complètement épris, c'étaient ses yeux marron qui brillaient dans les miens. Vincent s'est levé, l'alcool sous les pieds en guise d'impulsion, et puis il a pris ma main, et, dans un rire un peu gêné, m'a appelée Manu, *viens Manu.* J'ai obéi, et j'ai attrapé sa main. Il m'a fait tournoyer, je perdais le nord puis, quand soudain je me retrouvais face à lui, je plantais mes yeux dans les siens. Ce soir-là, il était pour moi un peu nantais, un peu berlinois, peut-être serait-il italien un jour, mais quel que soit son choix, quels que soient ses choix, ses destinations, sa soif du monde, je le suivrais. Je le suivrais les yeux fermés et sur cette musique, dans les avions, les trains, les bus. Je suivrais partout l'amoureux de mon enfance devenu à peu près homme, je le suivrais et j'enjamberais les frontières, et peu importeraient les obstacles, les envies contraires, les peurs de l'inconnu, les schémas du cœur impossibles à reproduire. Avec lui, contre lui, depuis cette petite terrasse de La Truchère, je le savais ; les odeurs de pluie de la veille mêlées à celle de la terre boueuse marquaient le début d'une histoire qui en avait toujours été dépourvu. Nous dansions, nous marquions, voilà, nous marquions, elle était là la marque, c'est ainsi qu'on laisse sa marque :

dans un gilet beige – toujours le même – qui vole au milieu de rien et dans des boucles d'oreilles qui s'aimantent précipitamment aux joues de celui que l'on aime. Nos visages l'un en face de l'autre, nous avons pris une pause, essoufflés, puis je me suis rassise ; c'était ça ou je perdais l'équilibre. Vincent, lui, était toujours debout, presque immobile. Il était plus grand que moi, je me sentais minuscule, et puis il s'est courbé et m'a embrassée. Ce baiser m'a sonnée, et je lui ai posé la question qui me démangeait :

— Tu n'abdiques plus ?

— Plus trop.

Je dois dire que cet échange, aussi court soit-il, m'a rassurée pour les cent ans à venir. Vincent n'abdiquait plus, enfin *plus trop*, et c'était largement suffisant pour envisager la suite. Je me suis mise à rêver sans frontière ; des retrouvailles prochaines, un appartement commun et des enfants pour couronner le tout. J'avais l'âge de le penser et puis le droit. Vincent me l'accordait. Je n'ai rien dit de tout ça. J'ai simplement rétorqué que j'étais heureuse d'apprendre qu'il n'abdiquait plus et avait *digéré* – certes, en un peu plus de quatre heures –, ce qui m'a permis de digresser sur mon envie de faire pipi, car quoi que l'on en dise, le moment était génial mais ma vessie pleine.

Aux toilettes, une pile de magazines trônait, que je n'ai pas touchée, parce que j'ai toujours trouvé très gênants les magazines dans les W.-C., sans doute est-ce lié à l'image que cela engendre, *Michel sur le trône qui fait des mots mêlés, Vincent qui gribouille un sudoku niveau trois,* et à côté, gentiment, discrètement, sans histoire, le livre de Claire Castillon que j'avais offert à Vincent, et qui, par le plus grand des mystères, avait atterri là. À la vue de ce cadeau tant chéri, tant soigné, qui représentait beaucoup à mes yeux tant son rôle avait été de retenir Vincent deux années auparavant, je suis restée muette. Et puis, je suis partie dans un fou rire, un immense fou rire, un fou rire qui signifiait qu'à l'époque, peut-être, j'aurais fait un drame de ma trouvaille. Mais non, à ce moment précis, je riais, je riais parce que c'était beau d'avoir été ados comme on l'avait été. Je riais parce qu'on s'en fichait du livre, *merci pour le livre.* Je riais si fort que Vincent s'est approché de la porte, il a cogné deux coups.

— Tout va bien ?

— Oui, oui, tout va bien, je t'aime, que j'ai répondu.

32.

Je suis aux toilettes. Eux aussi sont champêtres : des vases remplis de fleurs séchées encerclent les lavabos et un énorme arrosoir est posé au sol en guise de poubelle.

Je me rince la bouche et souris au miroir pour retirer le morceau de pâte feuilletée incrusté entre mes dents. Je me sens grotesque, et tout ce que je vois est navrant : mes cheveux ondulés pour l'occasion, mon mascara en pâté, mes joues trop rouges, et mon quatrième appareil photo jetable en guise de collier.

Je respire profondément et j'écris à Pablo. J'aurais aimé qu'il soit là. Je suis convaincue que la soirée aurait été autre. Vincent aurait ravalé son *c'est con quand même*, et quand bien même il se serait permis une telle réflexion, mon cerveau aurait eu la jugeote de rebondir illico. *Quoi, con ?* Vincent aurait répliqué que *non, rien*, et je serais passée à autre chose. Certes, j'aurais tremblé une seconde face à nos retrouvailles, mais j'aurais entamé la suivante avec Pablo. Tous les deux, nous aurions ri aux blagues de Joël, et, plus vrai encore, nous les aurions jugées drôles.

Alors je rédige un message, je dis que *Joël t'aurait fait beaucoup rire ce soir, il est au top de sa forme, c'est con quand même que tu ne sois pas là.* Ça sort tout seul. Moi aussi, je sais dire que *c'est con quand même.* Soudain, je comprends mieux ce que Pablo a voulu me signifier tout à l'heure au téléphone : que la vie est nettement plus agréable quand on est ensemble.

J'attends la réponse. Je ne veux pas quitter les toilettes sans un mot de Pablo. Je veux un mot de Pablo, et je prendrais tous les mots du monde. Il me faut le lire ou l'entendre, regagner mon fuseau horaire, quitter le décalage et sortir de l'avion qui me conduit dans le passé. Par chance, et parce qu'il est peut-être aux toilettes aussi, Pablo me répond instantanément que *oui, c'est dommage d'être séparés ce soir, les gens ont la drôle de manie de toujours se marier en juin.*

Je lis le message de Pablo, rassasiée, et mon frère apparaît.

— Qu'est-ce que tu fais ici ? qu'il me demande, comme si la réponse ne tombait pas sous le sens.

— Pipi. Et j'avais de la pâte feuilletée plein les dents.

— J'en ai ? me questionne Pierre en souriant.

— Non.

— Bien. Et ça va ?

— Je ne sais toujours pas ce que Vincent a voulu me dire.

— C'est con quand même ?

— Oui.

— Vous vous êtes loupés, il a le droit de penser que c'est con.

— Et moi j'ai le droit de ne pas comprendre.

— Tu lui as posé la question ?

— J'essaie.

Mon frère se dirige vers la pissotière et je range mon téléphone, puis rejoins la salle en prenant la ferme décision de ne plus parler. Une fois à ma table, je découvre que des bougies ont été déposées et allumées, aussi sur les poutres à hauteur d'homme. L'espace est baigné d'une lumière tamisée et des centaines de flammes, telles des perles, vacillent au-dessus de nos têtes. Dans l'assemblée, on s'exclame que c'est *magique, beau, très concert de Bruel, finalement.*

Le plat est avalé à toute vitesse et la conversation, passionnante : on cause lave-vaisselle. Je n'y suis pas du tout. Jérôme et Pénélope n'ont pas de lave-vaisselle et ça leur manque beaucoup, même s'il n'est pas simple de décréter le manque puisqu'ils n'ont jamais connu le quotidien avec un lave-vaisselle. Jean leur demande pourquoi ils n'en installent pas un, pardi. Manifestement, le problème est double, une question de place et d'arrivée d'eau. S'ensuivent des plans oraux, *et si tu fais ça comme ça, et si tu mets ton lave-linge ici et que tu achètes un lave-vaisselle deux couverts.* Sandrine n'est pas d'accord, un lave-vaisselle deux couverts ne sert à rien, tu dois le faire tourner tous les jours, ce n'est pas très bon pour la planète, mais Marina rétorque qu'ils ne sont que deux, et que s'il existe des lave-vaisselle deux couverts, c'est bien pour être utilisés par deux couverts, non ?

Chloé me regarde, ses sourcils sont relevés, et je devine qu'elle trouve ce débat chiant à mourir. Pour moi, il est la preuve que nous avons vieilli, je dois moi-même reconnaître que depuis que Pablo a acheté un lave-vaisselle, notre vie a changé.

Le dessert tarde à arriver et, après trente minutes sur le sujet, il est toujours question de lave-vaisselle et de la nouvelle maison de Jérôme et de Pénélope. Ils se proposent de nous inviter prochainement, parce que c'est vrai, ça, on n'a jamais organisé de *retrouvailles placette* sous prétexte que l'on se croise chez nos vieux deux fois l'an, d'autant qu'il existe désormais un *couple placette,* et peut-être bientôt existera-t-il des *enfants placette.* Puisque nos quarante ans approchent plus vite qu'on ne le croit, on peut bien fêter ça autour d'un barbecue. Je crains alors que la conversation ne dérive sur les barbecues, plutôt Weber, plutôt Campingaz ?

— Excellente idée un week-end barbecue ! s'exclame Marina.

Soudain, j'ai une vision de ce week-end dans l'Aisne, je nous vois autour d'un salon de jardin à échanger des banalités et à parler lave-vaisselle, et je trouve ça effrayant. J'ai longtemps rêvé d'un moment comme celui-ci, notamment quand Vincent a rencontré Sandrine, parce que mon obsession était telle qu'il devait me revoir pour comprendre son erreur, il fallait que l'on soit toutes les deux sous ses yeux pour que son cœur me choisisse pour de bon, mais jamais personne n'a lancé cette idée, et aujourd'hui, il est beaucoup trop tard, ça sent le malaise à plein nez, je déteste ce genre de retrouvailles forcées, et en plus Jérôme et Pénélope n'ont pas de lave-vaisselle, recevoir dix personnes pendant deux jours est beaucoup trop ambitieux.

Je n'expose pas le fond de ma pensée et me contente de sourire la bouche fermée pour affirmer ma future présence à cette sauterie. Les autres ont l'air charmé, et bientôt nous allons sortir nos agendas. Pour l'heure, ça sauce son assiette.

— Nous espérons que vous avez bien mangé, parce qu'on va faire une pause avant le dessert ! C'est parti pour le jeu des douze mois ! hurlent Avril et Nicolas dans le micro.

Les règles sont élémentaires : les mariés vont nous lancer des défis. Nous allons devoir trouver et rapporter les objets qu'ils énonceront. Celui qui rejoindra sa chaise en dernier sera le perdant et devra leur offrir un cadeau. Le perdant de *janvier* paiera une galette des rois, celui de *février* cuisinera des crêpes, et ainsi de suite. *Une feuille de papier toilette !* crie Nicolas, et voilà que nous nous mettons tous à courir vers les sanitaires. Marina a encore la bouche pleine – elle mange aussi lentement qu'Alexandra –, et vocifère *mollo !* avant de demander si le concept du jeu, finalement, n'est pas le même que celui des chaises musicales.

Je vole. Clairement, je vole. Il me faut cette feuille de papier toilette, je n'ai pas envie de réaliser une galette des rois, et Pablo n'aime pas la frangipane. On a les excuses qu'on a. Dans les toilettes, je bouscule la pauvre Monique qui me lorgne et se trompe de jeu :

— Ah, Emmanuelle, ce n'est pas toi qui aurais terminé un marathon l'année dernière ?

Je réponds que non, mais que Jérôme, oui, puis je fonce dans les W.-C. et découvre Andrew qui déroule du papier toilette comme si l'objectif était de rapporter trois cents feuilles. J'en arrache une, repars en courant, me demande quel est le sens de la vie – ça s'impose –, et rejoins ma chaise. Quarante secondes plus tard, une femme que je ne connais pas – sans doute une Schneider jamais aperçue – revient bredouille. La galette, c'est pour elle.

On continue avec le deuxième défi : un lacet. Nous reprenons la course. Je fonce sur les chaussures de Joël qui lui-même fonce sur les chaussures de Vincent. Ce dernier sautille pour se débattre. *Lâchez-moi les pompes,* qu'il crie, avant de comprendre qu'il peut bien s'emparer de ses propres lacets. Il se retire dans un coin, les ôte, m'en tend une paire pour me sauver, puis nous regagnons ensemble les chaises disponibles. Je suis ravie, essoufflée, et je lui rends son lacet marron en le remerciant. *Les crêpes, c'est chiant,* que je dis avant de ravaler mon propos, rapport à La Truchère, et je lui promets que, pour le défi de mars, je vais l'aider. Sandrine, qui tient le petit dernier dans les bras et ne joue pas, nous félicite et proclame dans la foulée qu'elle part aux toilettes.

— J'espère qu'il reste du PQ, articule-t-elle.

Mars. Le perdant devra offrir une soirée cinéma, et l'objet de convoitise est une boucle d'oreille. Je décroche les miennes, en donne une à Vincent. Nous n'avons même pas besoin de nous lever.

Avril – *comme Avril !* fait remarquer une vieille tante. Il faut dénicher une personne née en 1984. Décidément, ce jeu est trop facile. Je m'attrape des deux mains, Vincent m'attrape le coude. Il me dévisage, complice. Je lui souris, complice. Nous sommes toujours sur nos chaises. Un instant, tout se floute autour de moi. Le contact de sa main sur mon bras m'immobilise. Je n'entends plus les voix des mariés, ne perçois plus les silhouettes des uns et des autres qui gesticulent dans tous les sens. Nos yeux ne clignent plus. Ils s'aspirent. Je me demande dans quel trou je vais tomber tant mes jambes ramollissent. Je secoue un pied, puis l'autre, et Vincent secoue la tête. Je dirais même que sa tête le secoue : un semblant de frisson parcourt son visage. Il en écarte les narines et me lâche le bras brusquement, à croire que mon corps vient de l'électriser. Du même coup, je me lâche la cuisse, comme si mes mains appartenaient à Vincent. Nos consciences ressuscitent, je tremble un peu, et lui aussi. Nos yeux se croisent une dernière fois, consternés par tant de mièvrerie mais capables d'en accepter la sentence : depuis combien d'années nos corps ne s'étaient-ils pas rencontrés d'aussi près ? Après tout, je n'envisageais pas d'issue différente ; avoir connu d'autres peaux n'a jamais effacé la sienne. Je crois en la première couche. Aux traces et à la marque. *Tu auras laissé ta marque.*

Le jeu continue. Je manque d'attention, la faute au trouble. Je finis par perdre en novembre, parce que je n'ai pas trouvé de stylo bleu. Il ne manquait plus que ça. Ma punition est celle de débarquer – en novembre, donc – déguisée chez les mariés. *Les deux* se paient ma tête :

— Qu'est-ce que tu vas choisir, Manu ?

Je réponds que je n'en sais rien, avant de réfléchir et de marmonner que je me déguiserai en ange ou en fée. Elles ne rient pas parce qu'elles ne comprennent pas. En même temps, ça n'a rien de clair, et parce que je n'ai rien à ajouter, je dégaine mon cinquième appareil photo et, clic, *les deux* dans la boîte.

33.

Nous avons regagné l'extérieur mais le froid a eu raison de nous. Vincent m'a proposé une douche. Voilà, une douche me réchaufferait. J'ai rejoint la minuscule salle de bains mais l'eau était glaciale. J'ai hurlé, et Vincent a accouru, effrayé, *que se passe-t-il ?* Je me suis cachée derrière le rideau en plastique jonché de palmiers. J'avais peur qu'il me voie nue ; depuis Nantes, il ne m'avait pas vue nue. Il m'a promis qu'il allait régler ça, et dix minutes plus tard, la chaudière ronflait de nouveau. J'étais malgré tout frigorifiée, j'ai enfilé un pull et mon énorme gilet par-dessus, puis je me suis installée sur le canapé. Vincent m'a freinée :

— On dort dans la cabane.

Il tenait une lampe torche pour éclairer l'échelle. Je m'agrippais fermement aux barreaux de bois et tentais de hisser mon corps vers le sommet. À cet instant, il avait vue sur mon derrière, exactement comme lors de la séquence des têtards. Une fois en haut, j'ai pénétré la cabane, découvert un endroit exigu – d'en bas, ça avait presque l'air spacieux –, et compris que nous ne pouvions pas tenir debout. Au sol, un matelas nous attendait. Nous nous sommes assis dessus, des coussins et des couvertures autour, qui sentaient le renfermé. En tailleur et sous une Lune qui éclairait nos mains enlacées et nos torses affolés, nous avons discuté jusqu'au petit matin. De nos fenêtres, de la placette, de notre rencontre. Par quel hasard nous étions-nous retrouvés voisins ? Il me racontait la décision de ses parents de quitter Strasbourg, les longues tergiversations à ce sujet, le désir d'Anouk de se rapprocher de Paris pour les études de ses enfants, et cette annonce, un soir :

— Bon, les petits gars, on déménage pour la région parisienne.

Vincent était ravi, les jumeaux pas du tout, et Nicolas trop petit pour émettre le moindre avis, du moins intelligible. Michel faisait la gueule, mais pour se consoler, il s'était juré d'acheter un bout de terre au bord d'une rivière en Bourgogne, parce que la Bourgogne, c'était la région qui l'attirait depuis toujours, et chance, c'était à deux pas de l'Île-de-France.

Nous nous sommes également étendus sur la rencontre de Jérôme et de Pénélope. Cette fille était la première que les parents Schneider avaient connue. Pour autant, si nous voulions être précis et transparents, il fallait reconnaître qu'Avril et Nicolas se questionnaient bien avant la survenue de cette fille tout de rose habillée. Je le relève aujourd'hui mais je crois que, sur le moment, nous n'avons pas disserté. Nous savions que Nicolas en pinçait pour ma sœur depuis toujours et nous étions plus proches d'en rire que d'en parler sérieusement. C'était presque chouette de se moquer gentiment de la jeunesse, parce que se moquer de la jeunesse revenait à asseoir notre relation présente ou du moins naissante. Nous étions des grands, nous étions conscients, nous étions prompts à vivre notre relation. Vers les six heures du matin, ivres de fatigue, nous nous sommes rappelé le tronc d'arbre, et puis Pinette, et puis aussi les autres voisins. Laura, Julien, Anne-Sophie, *est-ce que tu te souviens de nos jeux ?*

— Depuis que j'ai fait médecine et vécu deux années plus ou moins difficiles, j'ai l'impression que tout ça date atrocement. C'était il y a cent ans, avant mes premières rides.

Vincent souriait à mes propos en épiant le coin de mes yeux.

— Toi, des rides ?

La première année avait creusé mes yeux, mais c'est vrai, je n'avais que vingt ans et mon visage ne portait pas encore les traces du temps qui passe. Vincent, lui, n'en avait que vingt et un. Adultes, vraiment ? Nous étions encore des enfants mais nous n'en savions rien.

Dans ce bungalow depuis revendu, nous avons profité d'une soirée exceptionnelle, peut-être davantage qu'à Nantes. À ce moment-là, tremblante et résolument amoureuse, j'ignorais qu'il nous restait dix mois, tout au plus. Dix mois à vivre intensément avant que le destin ne s'en mêle à nouveau. S'il avait été de notre côté durant l'enfance, il avait désormais d'autres plans en tête. Nous étions loin de nous en douter, quoique Vincent s'y attendait certainement. Il allait finir par poursuivre sa quête, prendre son avion, étirer les kilomètres. Pour l'heure, ce n'était pas la question. La question était : *On dort quelques heures, on s'occupe du potager et on passe voir ta grand-mère ?* Nous avons dormi, nous avons ramassé des mirabelles et des aubergines, puis nous sommes passés voir ma grand-mère, qui habitait et habite toujours près de La Truchère. Elle nous a accueillis avec un gâteau bourguignon, sa grande spécialité, et du café fort. Nous avons pris place dans sa cuisine, fidèle à mes souvenirs d'enfant. Rien n'avait bougé, surtout pas la machine à coudre. Depuis la mort de mon grand-père, la machine ne quittait plus le buffet, et ma grand-mère, toujours, rapiéçait ses vêtements pour défier l'ennui et la solitude. Elle tenait à s'occuper et, ce jour-là, nous l'occupions. Elle épiloguait sur ses voisins et son conflit avec Mme Déroges – *elle nourrit les oiseaux, c'est interdit !* Fabrice aussi, mon cousin, en a pris pour son grade : d'après elle, il ne lui rendait pas assez visite.

— Alors que je lui fais tous ses ourlets pour qu'il soit présentable à son travail.

Après ça, et sur le chemin du retour, Vincent me répétait que ses pantalons étaient trop longs et qu'il n'avait pas envie de rentrer mais que *Paris nous attendait.*

34.

— Un stylo bleu, quand même, Manu. Ce n'était pas compliqué.

Ma sœur est déçue de ma piètre performance mais je lui promets un super déguisement en novembre.

— Tu crois que les gens s'amusent assez ?

Avril est stressée, encore, et je la rassure, encore :

— Avec ce jeu, tu as visé juste, regarde comme les gens se marrent.

Nous épions la salle en même temps et, en effet, les gens se marrent. Ça cause galette des rois et rouleaux de papier toilette. Des enfants courent autour des tables ou se cachent dessous. Des gens lisent leur *petit papier* ou le tendent à un inconnu. D'autres parcourent le menu une énième fois ou tripotent le ruban vert qui l'entourait.

Je montre à Avril la vieille dame de tout à l'heure, en mission commando, qui a essayé de soutirer un maximum de réponses au jeu des *petits papiers*.

— C'était la nounou d'Andrew, me dit-elle, Nicolas tenait à l'inviter, il allait parfois chez elle en vacances. Elle est flippante, elle parle toute seule.

À quelques mètres de là, les jumeaux bavardent avec ma mère qui a l'air ravi de prendre de leurs nouvelles. Vincent, pour sa part, écoute ma grand-mère qui, étonnamment, semble le trouver aimable. Que peuvent-ils bien se raconter ? Avril émet une hypothèse : peut-être que, sur le *petit papier* de Vincent, il est écrit que *cette personne cuisine à merveille le gâteau bourguignon* ? Et puis, elle s'éloigne en direction de DJ Rob' pour lancer le karaoké.

Quatre minutes plus tard, DJ Rob' cherche un volontaire pour ouvrir le bal. Pénélope murmure qu'elle a envie de manger le dessert, Jean se demande si DJ Rob' sous-entend que le type se prénomme Robert, mais puisque DJ Rob' prétend qu'il va désigner un invité au hasard, plus personne ne bronche. Heureusement, Joël et sa Miss, enthousiastes, lèvent la main. Leur initiative détend le reste de la salle, nous voilà tranquilles pendant quatre minutes, c'est donc le moment de s'extirper, d'aller fumer, de passer un coup de fil, de démarrer sa bagnole pour ne jamais revenir, mais c'est impossible, Chloé veille au grain.

Le couple choisit « Allumer le feu », histoire de bien allumer le feu de cette soirée et de motiver les troupes. Joël chante faux mais il met du cœur à l'ouvrage, il hurle plus que de raison et son front largue une rivière de sueur. À côté, sa Miss marmonne le texte d'une voix douce, avec un train de retard qu'elle ne parvient pas à rattraper. Les gens se moquent, mais Joël et sa Miss ont du mérite, et nous ferons moins les malins quand il nous faudra monter sur scène poussés par les grands bras de Chloé. Rapidement, la salle chante en chœur et tape dans ses mains. Marina et Pénélope vivent un grand moment, et, discrètement, je regarde Vincent qui agite une jambe en rythme sous la table. Je détourne aussi vite la tête. Je ne sais pas si c'est parce que cette image le ringardise au plus haut point ou si c'est parce que la main de Sandrine trône sur son genou, mais dans les deux cas, ça me dérange.

La minute qui suit, les parents Dijon et Schneider sont appelés et se dévouent. Ma mère râle, *non quand même pas, on ne va pas faire ça*, alors mon père la rassure, *allez Chantal, c'est pour rigoler.* Anouk et Michel, eux, se rendent sur l'estrade de bon cœur, je soupçonne l'alcool de les aider, et au cas où je me retrouve piégée, je décide de boire un godet. Tous mes compagnons de table jugent mon idée stratégique, puisque chacun me tend son verre dans la précipitation.

Les parents chantent « Les vieux mariés », ce qui donne : *On vient de marier le dernier, tous nos enfants sont désormais heureux sans nous,* et ainsi de suite ; et ça se tient par les épaules, et ça vocifère, et ça tente de se synchroniser en vain, et ça se regarde et se sourit, et ça me rappelle notre jardin sans clôture et le bruit de nos réunions d'été, le ketchup à la commissure des lèvres de Vincent, et, par extension, le bout de feuilleté qui a interrompu notre conversation de tout à l'heure.

Après cinq chansons, DJ Rob' annonce que *c'est l'heure du dessert, mais ne vous inquiétez pas, on reprend dans quelques minutes !* Les invités changent de table et en profitent pour discuter avec d'autres, un vieil oncle, une amie, la cousine d'une cousine. Je choisis d'aller tenir compagnie à ma grand-mère, table Coquelicot. Tandis qu'elle revient sur le dîner, les plats et les épices tout en complimentant ma robe – ma grand-mère parle vite –, j'ai envie de la questionner sur sa conversation avec Vincent, des fois que Vincent lui ait dit que *c'est con quand même* en explicitant le fond de son propos. Je tourne sept fois ma langue dans ma bouche pour ne pas succomber au contenu de ma boîte à idées et observe la table Jacinthe qui, soyons francs, m'offre une opportunité : Vincent et Pierre sont installés, seuls.

J'appréhende le retour de Sandrine ou des jumeaux, et puisque celui-ci est potentiellement imminent, je congédie ma grand-mère que Laurence accapare à l'instant même avec un *dire que la Belgique va sauter le pas*, et comme d'habitude, personne ne comprend rien.

À la table Jacinthe, Vincent, qui n'a pas bougé, avale son morceau de macaron à la framboise à grandes bouchées, tout en se resservant du vin. Il a toujours de l'appétit, il a toujours eu de l'appétit, alors je lui demande ce qu'il pense de ce dessert. Il me répond simplement : *Parfait, c'est bon*, et puisque ce dessert est bon et parfait, je ne vois pas pourquoi le moment ne le serait pas donc j'attaque, je fonce dans le tas, j'ouvre la bouche et lui lance :

— Tu sais, à propos de tout à l'heure, vers les voitures…

Je m'arrête là, Vincent ne renchérit pas, attend que je poursuive mais je ne poursuis pas. C'est complètement con, ce bout de phrase est complètement con, comme un tas de choses ce soir. Il me faut enchaîner, et voilà que j'aperçois Sandrine revenir son assiette vide à la main. Elle nous aura rejoints dans cinq secondes à tout casser, j'ai loupé le coche, je cherche n'importe quoi pour me sortir de cette situation, un mot, une anecdote, mais pitié pas la météo, alors me vient Monique, notre chère Monique, et je plonge :

— Eh bien, il y avait Monique.

Vincent me dévisage et m'interroge :

— Qui est Monique ?

Figure-toi que ça, Vincent, c'est une excellente question. Qui est Monique ? Est-ce que quelqu'un sait qui est Monique ? Je réponds : *La femme de Roger, enfin Roger est mort.* Sandrine, désormais entre nous, m'entend, sursaute, *qui est mort, de quoi tu parles ?* Je temporise, un décès qui date, tout le monde va bien. Vincent ne comprend rien, me dévisage toujours l'air de dire *et ?* Et le destin me délivre ou du moins me soutient, parce que DJ Rob' annonce une nouvelle prestation, celle de Monique et Dorothée. Je la montre du doigt :

— Ça tombe bien, c'est Monique.

Vincent et Sandrine se tournent vers elle, qui attaque sa chanson, « Il jouait du piano debout ». Elle remue dans son chemisier à fleurs, se dandine, et Dorothée, qui est peut-être sa fille, sa sœur, ou sa vieille tante qui sait, reste quant à elle stoïque. Son stress est palpable et attire tous les regards. Grâce à ce duo, je n'ai plus besoin de ramer, de nager, de m'accrocher aux buissons, je me laisse porter par le cours d'eau, Monique n'est déjà plus un sujet puisque Dorothée devient le sujet numéro un de cette soirée.

Sur ma chaise et face à ce spectacle embarrassant, j'enroule mes doigts, joue avec ma bague, plonge mon menton dans ma poitrine. Les verres de blanc me montent au cerveau, mais ils ne sont pas le problème, le problème c'est que je suis lasse, lasse comme je l'ai souvent été quand il s'agit de Vincent, lasse de courir après une information qui ne vient pas, ne s'éclaire pas, *c'est con quand même*, mais dis-moi ce qui est con, j'aimerais bien savoir comment, toi, tu vis les choses, comment tu les perçois, les sens, les appréhendes, j'aimerais bien savoir si nous avons vécu la même histoire, j'aimerais bien savoir à quel point c'est con et ce que nous devons faire de cette connerie. Cette connerie nécessite-t-elle que je t'évite pour tout le reste de la soirée ou mérite-t-elle que je devienne chiante, téméraire et certaine, parce que, moi, douze ans plus tard, je pense toujours à toi ? Je ne pense pas à toi comme une amoureuse, une fille éprise et mal en point, je pense à toi comme une fille nostalgique qui flirte avec l'idéalisation et se demande où nous sommes passés, une fille qui cherche encore le point final de toute cette mascarade. Je pense à toi en me disant que tout ça est bien trop con, tu vois que je suis d'accord avec toi ; moi aussi, je trouve ça con ; moi aussi, j'ai dans la tête des mois de juillet et des mois d'août, des départs à la con, notre timidité à la con, des trottoirs à mille bornes, tes pieds sur l'un et mes pieds sur l'autre, des e-mails en cascade, des *j'abdique* et des *plus trop*, des rides que je n'ai pas et qui se profilent aujourd'hui, des bonnes nouvelles et leurs revers, des mains tendues et un putain de gilet beige que je ne me résous pas à jeter. Alors, oui, j'aimerais savoir ce que tu penses, savoir si mon corps se dessine sur les murs quand tu t'endors, savoir si l'enfance te poursuit quand tu traverses un bois ou retournes une crêpe, savoir si nos impossibles adieux te laissent un drôle de goût et si parfois tu regrettes un peu nos chemins. Regrettes-tu un peu nos chemins ?

35.

Pendant l'année qui a suivi, Vincent a donc vécu entre Gré et Paris, mais plutôt à Gré. La semaine, il lui arrivait de dormir dans mon studio à deux pas de sa nouvelle école. Le reste du temps, il prenait le train de banlieue pour rentrer sur la placette. Chez moi, et toujours en bon garçon qui sait tout faire, il tapotait le plan de travail monté par mon père en disant : *C'est du bon boulot, ça, Jean-Luc.*

Dans mon appartement, nous passions du temps, nous faisions l'amour, nous papotions longuement, nous rattrapions le temps que nous estimions avoir perdu. Mais je crois que nous disposions de trop peu de temps pour véritablement écouler notre retard. Comment rattraper deux ans en une nuit par semaine ? Un soir, j'ai fait le calcul : à ce rythme-là, il nous faudrait quatorze ans.

Curieux comme il l'était, Vincent souhaitait visiter Paris, et je ne me lassais pas de nos balades même si je connaissais la route par cœur, l'inclinaison des chaises du Luxembourg, les chèvres du

Jardin des plantes susceptibles de nous évoquer l'enfance, les ruelles du quartier Saint-Michel et les tombes incontournables du Père-Lachaise à la nuit tombée en automne. Quand nous prenions le métro, il posait sa main dans mon dos, *cette* main dans mon dos, et il me questionnait sur les trajets, les stations, et, fière de maîtriser la ville et de m'y sentir bien, je lui relatais la capitale et ses souterrains. J'adorais les correspondances, sans trop savoir pourquoi, mais il était bon d'emprunter un long couloir et d'avoir Vincent à mes côtés tandis qu'une masse de personnes nous entouraient et nous entraînaient d'un pas vif. J'avais envie d'attraper le regard de tous ces gens, pour qu'ils me certifient que Vincent se tenait bel et bien à ma droite, ou à ma gauche. Il y avait, dans ces tunnels, notre couple au milieu du monde.

Quand nous descendions ensemble à Gré les vendredis soir, nous étions accueillis par Anouk, Michel ou mes parents. Ils nous attendaient à la gare, le coffre ouvert. Vincent aimait mimer un saut à l'intérieur en blaguant, souvenir de nos trajets vers l'école.

Durant nos week-ends provinciaux, nous montions à vélo et nous parcourions la forêt de Fontainebleau. Mon père et Michel nous accompagnaient, désormais un peu plus essoufflés.

Parfois, nous allions courir tous les deux le long de la rivière puis revenions dans nos bois en nous amusant sur le parcours de santé. À Gré et sur la placette, le temps ne passait pas, il était lent, plus lent qu'à Paris. Ma mère aimait que je le constate. C'était la preuve que j'étais bien ici, que je ne poussais pas trop vite, et, pour la rassurer, je lui répétais que *oui, à Paris, on serait déjà lundi.*

Le soir, les parents organisaient des dîners. Anouk mettait les petits plats dans les grands. *Les amoureux ont faim !* s'exclamait-elle. Nos samedis étaient une fête. Après le repas, Vincent et moi papotions sur la placette ou entreprenions d'aller marcher dans la forêt. Quelquefois, nous dormions ensemble, gênés d'imposer notre relation à nos parents. Chez lui ou chez moi, nous écoutions Avril et Nicolas causer à nos fenêtres. C'était attendrissant et toujours rassurant ; nous avions tellement avancé.

Le dimanche soir, on me conduisait généralement seule à la gare. Vincent prolongeait son séjour à Gré pour partager un moment en famille ou un jeu de société avec Nicolas et les jumeaux. En direction de la capitale, le train était terriblement vide : mon compagnon de route n'était pas là. Parfois, je me savais partie pour plusieurs jours sans lui. Vincent m'avait promis Paris mais la promesse était bancale. Pour me remonter le moral, je tapotais mon plan de travail de la cuisine et souriais. Lui, au moins, était solide. Ce geste est devenu un réflexe ; il asseyait la présence de Vincent en France et par ici.

Au fil des mois, notre rythme est resté le même. Nous vivions une belle histoire, il me semble, peut-être la plus jolie histoire de notre histoire. Pourtant, il nous manquait quelque chose. Du temps ensemble, certes. Mais aussi davantage d'autonomie. Peut-être des amis. Depuis toujours, les seules personnes que nous fréquentions ensemble se résumaient à nos parents, nos frères et ma sœur. Ils ne cessaient de nous faire exister. Quand je prenais un brin de recul, il m'arrivait de me demander qui de la placette ou de nous alimentait nos sentiments. Parfois, je m'en épanchais auprès de Vincent, *si l'on partait au bout du monde, on s'aimerait quand même ?*

Il répondait toujours que oui, un peu mal à l'aise de parler d'amour. Selon lui, chaque relation détenait son propre décor, et le nôtre était tel. Je le croyais et je le crois toujours ; après tout, Avril et Nicolas ont composé avec ce décor avant de créer le leur.

J'aurais pu accepter ce décor, une relation qui se joue davantage à Gré qu'à Paris, ligotée dans le paysage dans notre enfance. Une relation lente, déterminée à éclore en douceur. Mais, à l'approche de l'été, Vincent s'est envolé pour la Chine. *Dix-huit mois max*, avait-il précisé. L'annonce m'avait tuée, c'était un vendredi soir dans le train pour Gré. Banquettes en cuir, wagons bondés, odeurs nauséabondes et conversations à voix basse ; j'aurais voulu crier que je n'aurais pas pu, alors je lui posais des questions – *comment ça ?* –, et jouais la gentille fille, celle qui approuve, qui encourage, *si tu en as envie, c'est bien.* En réalité, j'en avais ma claque de ces changements de programme, même si j'admirais Vincent, ses ambitions, ses grands projets. Néanmoins, mon cœur irrité prenait le dessus sur ma colère. Dans tout ça, je ne savais plus situer l'espoir, ni mes bonnes résolutions ; j'avais certes pensé à La Truchère que je suivrais Vincent partout, mais une part de moi savait pertinemment que la Chine n'était pas dans mon partout, que ma vie était en partie à Paris et que la sienne ne s'y projetait pas. Je sentais bien, aussi, que je n'avais pas ma place dans ce projet. Il me serinait qu'il reviendrait, et dans cette promesse de retour, que je pressentais bancale comme la précédente, il n'y avait aucune invitation à embarquer à ses côtés.

La Chine et Berlin, ça n'avait pas grand-chose à voir, et je ne parle même pas de la culture et de la bouffe, je parle des kilomètres. Cette fois, on me flanquait la Chine dans le cœur, soit, précisément, sept mille huit cent quarante-huit kilomètres de distance et un milliard trois cents d'habitants. Ça en faisait du bordel, et ça m'en faisait du souci, et puis en Chine, parmi la population, se trouvait Sandrine, en mission pour le travail. Sandrine était là-bas, déjà implantée, les bras d'ores et déjà tendus face à celui qui deviendrait, qui sait, le père de ses enfants, tandis que j'étais implantée dans ce pauvre train, les bras baissés, les ongles rongés, désespérée par ce que je venais d'apprendre.

Le soir, Vincent a annoncé son grand départ à table en me regardant. Il cherchait l'approbation ou guettait l'amertume. Tout le monde est resté bouche bée. Personne ne comprenait. Sans retenue aucune, j'ai explosé en larmes, ça faisait deux fois, deux fois que j'entendais la nouvelle, deux fois que je tentais de l'assimiler. Anouk, penaude, a sorti un mouchoir en tissu de sa poche, qu'elle m'a tendu en me lançant un clin d'œil compatissant. Vincent s'est levé et m'a prise dans ses bras au milieu de tous. C'est là notre dernière image, et mon père qui essaie de me consoler pudiquement, comme pour me montrer que, lui, il serait toujours là. *C'est du bon boulot, ça, Jean-Luc.*

36.

Moi aussi je trouve ça con. Je me le répète comme si j'allais enfin comprendre le sens de cette phrase. Mais plus je me le répète, moins je la comprends.

— Emmanuelle ?

Vincent m'interpelle, m'extrait de mes rêveries et de cette colère qui grimpe en moi pour je ne sais quelle raison – et qui, cette fois, prend le dessus.

— Tu danses ?

Là, au choix, Vincent a beaucoup changé ou Vincent a beaucoup trop bu, ou les deux. Peut-être aussi qu'il a très envie de recevoir un nouveau coup de jus de ma part. En tout cas, Vincent n'a jamais dansé, enfin pas que je sache.

Lors des quelques soirées que nous avons partagées, Vincent restait assis à discuter ou à se taire, ou encore à s'appuyer contre la vitre de la véranda, mais jamais il ne s'est levé pour se dandiner. Ou peut-être que si, une fois. C'était, je crois, aux cinquante-quatre ans de Michel, dans leur jardin, parce que, ce soir-là, Michel était déprimé ;

une vague histoire de rendez-vous chez le proctologue qu'Anouk n'avait pas tue, et alors les garçons Schneider essayaient de faire rire leur père.

Sandrine, elle, est engagée dans une conversation avec mon frère et ne semble pas tiquer face à l'invitation.

Après un moment de flottement, je réponds *oui, d'accord*, en pensant à notre danse sur « *Felicità* », et là, changement de musique, DJ Rob' annonce une chenille, pourquoi une chenille, pourquoi faut-il qu'il y ait une chenille à tous les mariages, à toutes les sauteries familiales, pourquoi imagine-t-on que, sans chenille, la fête est moins folle ? Avril m'avait confié qu'elle n'était pas pour la chenille, parce qu'à titre personnel, elle n'en raffolait pas – et je trouve ce positionnement très fort, il y a des gens qui ont un avis très tranché sur la chenille. Seulement, ma sœur a décrété que, globalement, les gens adoraient ça, il serait donc dommage de les en priver, elle ferait alors un effort, et puis une chenille à son propre mariage, c'est peut-être moins difficile à supporter qu'une chenille à n'importe quel mariage, et même si je ne suis pas à n'importe quel mariage, je ne suis pas au mien et j'en ai bien conscience ; ça sent le calvaire.

Voilà que Vincent et moi nous levons en même temps, en direction de la chenille. Pataude, je ne sais pas où aller, à qui m'accrocher, mais Vincent d'emblée s'accroche à moi, nous sommes une chenille à quatre pattes, il me déplace jusqu'à la chenille officielle qui se forme et me conduit vers Michel qui lui-même accroche Anouk, qui elle-même accroche ma mère, qui elle-même accroche Joël, et ainsi de suite. Je me retrouve les deux mains sur les épaules de Michel, sa chemise est un tantinet humide et la sensation me dérange, pour autant, je me concentre sur cette sensation : il faut dire que les mains de Vincent sur mes épaules à moi me procurent un frisson d'un autre temps et un embarras indéfinissable.

Mes yeux glissent sur les murs puis sur l'extérieur. À travers les immenses fenêtres, la nuit est définitivement tombée, et des lampions éclairent le terrain. J'ai chaud, à l'instar de Michel, et j'aimerais sortir de là, quitter la chaîne et le pas de danse, j'aimerais m'enfuir pour ne plus sentir les mains de Vincent sur mes épaules qui ne bougent pas d'un millimètre, comme si, lui aussi, craignait que le moindre de ses gestes trahisse son état tandis qu'il ignore tout de son état. Je me demande si mes épaules sont moites, ou bronzées, ou marquées par les bretelles d'un soutien-gorge mal agencé, si Vincent redoute le contact, s'il le regrette, s'il lui est familier, si des réminiscences l'agrippent au cou et si DJ Rob' va baisser le son. Mais puisque je n'ai pas la réponse, aucune réponse, je continue de remuer mon bassin gauchement, ni trop ni pas assez, je fais mine de m'amuser et de ne pas tellement m'amuser, je ne voudrais pas tomber dans le premier cliché comme dans le second, ce qui m'accorde une attitude de demi-molle. C'est un fait, je suis le genre de personne qui n'a pas d'avis tranché sur la chenille.

37.

La Chine – et plus précisément Chengdu, la capitale du Sichuan – ne nous a pas perdus tout de suite. Les premiers mois, nous nous appelions, nous écrivions, échangions des mots tendres. Je me répétais que dix-huit mois, c'était long sur le papier mais plutôt court à l'échelle d'une vie, alors je pardonnais. À dix-huit mois, je marchais à peine, ne parlais même pas. Mes parents auraient pu en attester, *tu as grandi si vite.* Depuis, des vagues de dix-huit mois, j'en avais accusé une petite quinzaine. Je pouvais bien en vivre une de plus. Il me fallait simplement prier pour que le temps défile à toute allure, comme à son ordinaire, et je pensais à toutes ces fois où je redoutais que le lundi arrive trop vite ; désormais, je n'avais qu'une hâte, que les lundis s'enchaînent, se bousculent, et qu'au jeu des dominos, l'année 2007 se dresse puis s'effondre vaincue à mes pieds, avant de laisser place à l'année 2008 et au grand retour de Vincent.

17 novembre 2006, 14 h 02

Emmanuelle,

comment vas-tu ? La vie ici est différente. Je mange épicé depuis un mois, et mon palais ne s'y fait pas, j'ai la bouche en feu. Non-stop ! Il paraît que je suis tombé dans la région la plus corsée de Chine. J'ai rencontré un Anglais au travail. Ça fait un an qu'il est là et il commence à peine à s'habituer. Désormais, il ne pleure plus en mangeant, mais il a toujours le nez qui coule. Je rêve déjà d'une baguette de pain mais c'est impossible à trouver, alors je goûte tout ce qu'on me propose.

Je pense à toi. Je voudrais être avec toi mais je veux être ici. Comment peut-on tout avoir ? Je sais que tu travailles beaucoup. Je te le promets, on se verra bientôt. Je te tiens au courant, comme dirait mon frère. Tu me manques.

VS

25 novembre 2006, 9 h 56

On s'appelle demain ? 10 heures chez toi, 17 heures chez moi ?

VS

2 décembre 2006, 17 h 47

Hier, on a fait soixante bornes avec mes collègues pour aller voir des pandas dans la réserve de Dujiangyan. Pas le droit de les toucher, tu t'en doutes, mais on a pu les approcher et même nettoyer des enclos. Tu aurais adoré, tu me manques.

VS

13 décembre 2006, 18 h 02

Emmanuelle,

comme tu t'en doutes, je ne rentrerai pas à Noël. Je ne peux pas. Je ne pensais pas que la logistique serait si compliquée. Enfin, façon de parler. Ce n'est pas difficile de prendre un avion, et j'ai très envie de prendre un avion et de te savoir à l'arrivée. Mais il faut bosser, et ça me plaît toujours autant. Les gens sont complètement fous ici, je te jure. Malgré tout, c'est exaltant. Pour l'instant, ça me va bien, ça me réconcilie avec les études. Raconte-moi ce que tu fais.

VS

5 janvier 2007, 18 h 02

Salut Emmanuelle,

bonne année ! Ici, on a fêté le 31 décembre. Un restaurant et un feu d'artifice. En Chine, c'est plutôt en février que ça se passe.

Et super ta nouvelle ! Alors ? Prête pour une coloc avec ta sœur ? Comment va-t-elle ? Et tes parents ? Et ton frère ? Raconte-moi. Et sinon ton nouveau stage en gynécologie ?

VS

10 janvier 2007, 18 h 02

Tu vas pas me croire, j'ai perdu mes clés hier. J'étais paumé, j'ai appelé un collègue, un Français, qui m'a hébergé. Mais avant ça, nous avons passé la soirée dans un bar, j'ai rencontré plein de monde, ça fait du bien de traîner avec des Français. Sinon, le nouvel an chinois approche, les rues sont déjà hyperfestives. J'aimerais que tu voies ça.

VS

Tous ses e-mails respiraient l'amour, le lien. Il essayait. On tenait le truc. On se racontait des choses, des anecdotes. J'avais du mal à l'imaginer là-bas, dans un pays différent du nôtre, dont je ne savais rien, mis à part les rues noires de monde, les magasins ouverts sept jours sur sept, et puis les pandas. C'était étrange parce que, jusqu'ici, je visualisais Vincent partout. Désormais, je ne le visualisais nulle part.

Puisque mon studio devenait étroit, je me suis installée avec Avril qui s'engageait à Paris dans des études de soins infirmiers. Elle fêtait ses dix-neuf ans. Toutes les deux, nous avons loué un appartement avec deux minuscules chambres, du soleil toute la journée, une vue sur le Grand Rex et la sortie du Rex Club. La cuisine nous a plu tout de suite : il y avait la place de mettre une table, et on adorait le concept, papoter des heures le soir assises à la table de la cuisine.

Petit à petit, Nicolas a investi les lieux. Avec ma sœur, les choses se concrétisaient – la fameuse pelle après le tour à moto venait tout juste de se produire à Gré. Avril m'en avait parlé tout de suite, un brin hésitante. Ses hésitations n'avaient rien à voir avec moi. Elle se demandait simplement si oui ou non, il lui fallait s'aventurer dans cette relation. Elle en avait envie et ça crevait les yeux, alors je l'encourageais.

C'était étrange de voir Nicolas à Paris, chez nous, et de constater tous les jours que *c'est le frère de Vincent, qui est en couple avec ma sœur.* Souvent, cette phrase me tournait autour et me prenait dès le matin, au réveil, quand d'immenses pieds dépassaient du canapé-lit.

Pour autant, je n'étais pas mal à l'aise, et eux non plus. De ça, je leur en ai toujours été reconnaissante. Ils ne se cachaient pas, ils vivaient leur histoire et ne s'encombraient pas de la nôtre.

16 janvier 2007, 18 h 45

Salut Emmanuelle,

alors ta sœur aime Paris autant que toi ? Je suis désolé, je ne sais toujours pas quand je rentre. J'ai des milliers de choses à faire et à voir. Et ton stage, ça va toujours ?

À très vite au téléphone.

Je t'embrasse.

VS

20 janvier 2007, 14 h 15

Salut Emmanuelle,

ça me fait plaisir de te lire, comme d'habitude. Je me demande souvent ce que tu fais. Ce matin, je suis enfin allé voir le Bouddha de Leshan taillé dans la roche, c'est impressionnant, dis-toi que ses yeux font deux fois ma taille.

Et oui, bien sûr, on s'appelle demain.

Passe le bonjour à ta sœur. Et à mon frère, si j'ai bien cru comprendre !

VS

Rue Poissonnière, la vie était tranquille. Je tenais bon, je comptais les mois, je faisais avec les mots et la voix de Vincent, à défaut de pouvoir faire avec lui tout entier. De temps en temps, Anouk m'appelait. Elle espérait me réconforter. Quand j'étais de retour à Gré, elle passait toujours à la maison. Ma mère faisait couler un café et, toutes les trois, nous discutions accoudées à l'îlot central de la nouvelle cuisine. Elles tentaient de me rassurer. Anouk disait :

— Il va finir par revenir, Vincent ! Il ne va quand même pas louper l'anniversaire de son père deux années de suite !

Ma mère lui touchait l'épaule pour ne pas qu'elle flanche, parce que finalement, de nous deux, Anouk était peut-être la plus triste.

Tous ces moments me tenaient en vie. Si sa mère voulait qu'il revienne, Vincent rentrerait à l'heure prévue. Nous étions deux à prier ; deux fois plus de chance. Mais Vincent et moi avons commencé à perdre le rythme. D'un e-mail par semaine, nous sommes passés à un e-mail toutes les deux semaines, puis à un e-mail par mois. Je sentais que quelque chose se délitait, que nous nous apprêtions à atteindre un point de non-retour, que la parenthèse imposée par la distance Paris-Chengdu était trop vaste pour se refermer convenablement. J'essayais de ne pas y penser, je ne voulais pas que la raison me rattrape. Je sortais avec ma bande de quatre depuis agrandie, et Avril et Nicolas se joignaient à nous. Nicolas était désormais un homme. Il attrapait ma sœur par les bras, la faisait valser dans les bars, se préoccupait toujours de lui commander un verre. Dans ses yeux, on lisait de la gratitude ; le garçon prenait conscience que la vie lui offrait enfin son moment. Dans le regard de ma sœur, on constatait combien les doutes n'existaient plus. Elle était continuellement surprise. Surprise d'aimer son voisin d'enfance et surprise d'être légèrement saoule contre lui vingt ans plus tard.

Lorsque nous organisions des soirées à l'appartement, Avril et Nicolas descendaient au Monoprix dans l'après-midi pour faire quelques courses et remontaient les bras chargés de bières, de paquets de chips et de pizzas. Je les trouvais jeunes, tandis que je l'étais moins. Je voyais bien que le futur s'ouvrait devant eux. Je voyais bien la lumière qui les entourait. Mes amis les appréciaient, ils parlaient ensemble des heures, étonnés un instant d'apprendre que Nicolas était le petit frère de Vincent. Mais, deux minutes plus tard, ce n'était plus un sujet, et je trouvais logique que la fraîcheur des benjamins affadisse mon chagrin et mon passé aux yeux de tous. Avril et Nicolas étaient bien trop beaux et stables pour que mes échanges lapidaires avec Vincent laissent entendre que nous n'étions pas complètement morts.

J'observais Nicolas en soirée, sa façon d'attraper un verre, de le remplir et de le boire. Je voyais Vincent ici et là, dans un geste, une mimique, une réflexion, et plus il m'apparaissait, plus je m'engaillardissais ; mes restes de prières transitaient en présence d'un Schneider, un Schneider était là, sous mon toit et dans mon quotidien, alors, oui, la vie s'arrangerait, bien sûr qu'elle allait s'arranger. Vincent et moi ne pouvions pas nous éteindre sous prétexte que la planète est vaste. Je rêvais d'une planète minuscule, de nos vies entassées dans un périmètre étroit, de son existence à quelques rues. Mais je n'en parlais jamais, je me contentais de danser en pensant à Vincent et en implorant je ne sais quel ciel. Je voulais qu'il mesure le risque, pèse la distance et ses silences, et apparaisse au milieu du salon. Mais il ne s'est jamais rien produit de tel. Je m'endormais triste et secrète à ce propos, consciente, aussi, qu'il me fallait faire de la place à Avril et à Nicolas.

Parfois, j'hésitais à rompre le silence avec Vincent. J'étais prête à tout entendre. On aurait pu se le dire, que l'on était ridicule avec notre histoire inexistante et qu'il était temps de s'en défaire. Les soirs de colère et de solitude, je ressentais le besoin de planter une aiguille dans notre passé, de le faire exploser et de rire aux éclats. Je m'imaginais tomber dans les bras de Vincent et respirer au creux de son cou un parfum qui ne me rappellerait rien, un parfum inconnu, léger, aussi léger que nous ne comptions pas. Mais je n'avais pas le courage de briser ce silence, parce que le silence signait l'opportunité. Il aurait été idiot de poser un point final, du moins de risquer le point final. Il nous restait quoi, six mois à tenir ? Je le pouvais, j'avais fait le plus gros, pleuré le plus gros.

Un soir, à la coloc, alors que je ne bronchais pas, Nicolas m'a conseillé de ne pas abandonner. Il devait lire en moi et dans mon attitude de fille épuisée par tout ça. Son argument était tel que Vincent était un Schneider, ma sœur répétait ce que Nicolas disait, *Vincent est un Schneider*, et je ne voyais pas où tous les deux voulaient en venir, je me demandais ce que j'avais loupé, pas compris, ce qu'était un Schneider, alors Nicolas m'a expliqué qu'un Schneider était un garçon fermé, pas à l'aise avec les filles, un garçon vraiment amoureux mais incapable d'en faire quelque chose, un garçon qui aimait rêver et lire Kant, un garçon qui se questionnait sans cesse sur le sens de la vie, toujours découragé à l'idée d'avancer dans un monde aussi énigmatique, et il a ajouté qu'Avril et moi étions bien plus simples et solides, et que le travail nous revenait en grosse partie, qu'un Schneider, il fallait aller le chercher, lui expliquer, il fallait prendre un avion pour la Chine et le regarder dans les yeux – Vincent, pas l'avion. Il fallait secouer notre relation et puis la relancer, l'entretenir et la guider. Cette plaidoirie me rechargeait et m'inspirait, alors je me suis résolue à me retrousser les manches. J'aurais dû me retrousser les manches pour soigner mon matelas, l'épaissir au maximum et le rembourrer à l'infini en cas de chute, mais je me suis retroussé les manches devant mon ordinateur et en mangeant des gâteaux secs, j'ai envoyé des e-mails par dizaines à Vincent, j'ai ouvert mon cœur, mes tracas, ma vision des choses. J'obtenais des réponses froides, mais je relativisais, parce que la distance ne pouvait pas nous inspirer éternellement et que *Vincent était un Schneider.*

J'ai pris un billet aller pour Chengdu, je l'ai averti de mon passage en mai, ce à quoi il m'a répondu qu'il allait passer à Paris bien avant, en mars. C'était une excellente nouvelle : nous allions nous voir deux fois de suite, et les six derniers mois à tenir n'en seraient rien.

Début février, il m'a téléphoné. J'ai d'abord cru à une envie de parler, un besoin de se rapprocher avant son séjour ou de discuter organisation, mais, non, Vincent m'a annoncé qu'il ne viendrait pas à Paris.

Je crois que j'ai rencontré quelqu'un.

38.

Joël imagine que la chenille laisse place à la création. De temps à autre, il se retire de la chaîne pour secouer son corps et lever les bras. Ça a le mérite de faire rire tout le monde, enfin les plus de cinquante ans. Heureusement, la chenille se désagrège, le son baisse, DJ Rob' indique que nous en avons terminé et lance un petit air de Goldman. Pénélope et Marina, affolées, lâchent les épaules de leur meneur et se jettent sur la scène comme deux poules. Je m'arrête net, ne sais pas quoi faire, jusqu'à ce qu'une main se pose dans mon dos, jusqu'à ce que *sa* main se pose dans mon dos. Je me fige, je me pince les lèvres, peut-être que je rêve, peut-être aussi que je ne rêve pas, peut-être que la main de Vincent vient bel et bien de se planter dans mon dos, alors d'un geste lent, je me retourne pour vérifier. D'une seconde à l'autre, je m'attends à voir Joël, sait-on jamais que mes frissons d'antan biaisent mes perceptions, sait-on jamais que mon oncle alcoolisé présente une main entre mes omoplates, précisément entre mes omoplates. Peut-être, aussi, que je vais tomber sur Michel, ce n'est pas improbable, nous étions deux bons compagnons de chenille, il désire peut-être remettre ça.

J'effectue ma rotation, cent degrés environ, je prends mon temps, et ils sont là, les yeux de Vincent sont là, avec son sourire, ses derniers cheveux bruns, sa chemise mal fermée, sa dégaine tranquille, tout est là, tout est là comme avant, même si je ne situe pas bien l'avant, même si me remontent au cerveau des Berlin et des pandas.

— C'est moi ! s'exclame-t-il en secouant les mains, un peu gêné.

— Ah bon ? Tu n'es pas Joël ?

Je place mes yeux dans ses yeux, cligne sans doute des cils, cache sans doute mes dents, et voilà qu'il me saisit la main, la gauche ou peut-être la droite, une des deux en tout cas. Il balance son bras, fait balancer le mien. Nous nous balançons comme deux gosses timides en colonie de vacances.

La main de Vincent dans la mienne, je suis cette enfant qui découvre son nouveau voisin, qui s'extasie sous la fumée d'un barbecue, je suis dans un short blanc en jean, j'ai cinq ans, bientôt six, aucune perspective si ce n'est que ma perspective s'appelle Vincent, Vincent noircit mes journaux intimes, je monte sur un vélo et dans ma chambre à toute vitesse, je veux lui parler et regarder les constellations, je veux aimer pour toujours sans jamais m'encombrer des questions attenantes, je veux saisir ma chance, transformer mon premier amour en grand amour, je veux prier et je prie, je découpe une photo, je squatte un tronc d'arbre, je prends des années dans la tronche, je prends Nantes dans la tronche, je prends Paris pour appui et je m'envole, je m'envole sans lâcher, je m'envole dans mes songes pour Berlin, je m'envole pour nous garder, je m'envole dans mes nuits et je m'envole un peu seule, je cherche la piste d'atterrissage ou le matelas, c'est selon, je m'envole sous les regards bienveillants d'Avril et de Nicolas, je m'envole pour y croire et y croire encore, je m'envole si fort que ma main se relâche, mon bras ne suit plus le mouvement, je ne me balance plus, je ne balance plus rien, j'ai trop balancé.

Je regarde Vincent et je lui en veux. Je lui en veux comme je m'en veux, et peut-être m'en veut-il, mais qui de nous deux est-il le mieux placé, aujourd'hui, pour lâcher sa foutue main, pour ne pas faire semblant de danser ? Je suis la mieux placée, et j'ai beau trouver ça *con quand même,* je ne veux pas de ce moment qui s'arrange avec le présent et snobe le passé, je ne veux pas que l'on touche à mon passé, mon passé est précieux, le Vincent que j'ai connu m'est trop précieux pour que désormais je me retrouve à tenir la main de celui qui n'est plus mien. Il n'est plus mien et il me regarde sans perdre son sourire, sans flancher, sans trembler, mais moi je tremble, m'arrête, et DJ Rob' lance « Cendrillon », parce que Chloé tient toujours parole.

39.

La nouvelle était tombée, je peinais à y croire. Comment Vincent pouvait-il avoir rencontré quelqu'un alors que j'étais là, que j'existais depuis toujours, que j'étais dans son champ de vision depuis ses cinq ans, non, vraiment, c'était impossible qu'une autre fille, une autre femme, l'interpelle.

Très vite, j'ai su que ce n'était pas un canular. Nicolas a confirmé, Jean a confirmé, il répétait ce que Jérôme savait parce que Jérôme en avait parlé avec Anouk qui, a priori, avait eu Vincent au téléphone, et que Vincent avait dit qu'il rentrerait au printemps avec *quelqu'un.* Le quelqu'un était flou, peut-être avait-il adopté un chien, un poisson ou plutôt un panda, tout était bon pour mon cerveau, et au jeu du téléphone arabe, de machin qui répète à machin, j'espérais une erreur, une déformation de propos, j'espérais que Vincent ait prévu de rentrer avec *quelque chose* et non pas avec quelqu'un, et ça, c'était crédible. Il comptait peut-être rentrer avec une valise, une spécialité chinoise, un cadeau, une plante, et même s'il m'avait bien dit qu'il avait rencontré *quelqu'un* et non pas *quelque chose*, qui sait ce que mes oreilles avaient entendu. Alors, oui, il avait peut-être rencontré une valise, une spécialité chinoise, un cadeau, une plante, ce sont des choses qui arrivent, un coup de cœur dans le magasin, soudain on n'achète plus une plante, on la rencontre, on sait qu'elle est taillée pour nous, il nous la faut, voilà on rencontre une plante et on prévient toute sa famille qu'au printemps, on ne rentrera pas seul, on rentrera avec une plante.

La plante s'appelait Sandrine, je l'ai appris dans la foulée, parce que les informations continuaient de circuler chez les Schneider et que Nicolas, qui vivait officiellement avec Avril et moi, a confirmé. Anouk aussi m'en a touché un mot, lors d'un week-end à Gré, dans la cuisine de mes parents. Elle avait l'air perturbé, non parce qu'elle tenait à moi, mais plutôt à son intégrité. Elle ne voulait pas s'en mêler. Elle perdait de son enthousiasme, gardait une certaine posture. Dans sa tiédeur, j'ai vu la placette se disloquer, et, dans son impartialité, un support de notre relation se déliter. Je repensais aux coquillettes trimballées jusqu'à Nantes, et alors mon cœur se serrait.

Nicolas et Anouk ne me parlaient pas de Sandrine pour m'anéantir, ni pour m'écarter de Vincent, ils le faisaient presque par politesse, comme s'ils me devaient bien ça, comme s'il était important que je sache. Je n'ai pas su grand-chose au départ, un prénom, un âge approximatif, une région, un métier. *Elle aura bientôt trente ans, elle travaille dans la communication, quelque chose comme ça.*

Leurs discours étaient identiques et ne m'inspiraient rien. Je ne me représentais pas Sandrine, de la même façon que je ne me représentais pas la Chine ; pourtant, c'était obsédant, il me fallait un visage, un physique, un corps, des grains de beauté. Ce genre de détail m'importait bien plus qu'un curriculum vitae. J'avais besoin qu'elle prenne forme, et, en même temps, j'aimais l'idée qu'elle soit juste un prénom et un âge approximatif, tout ça signifiait qu'elle n'existait pas, qu'elle n'était pas en mouvement, qu'elle était sans parole, sans cœur, sans artères, sans rien.

Ce prénom m'a envahie, je voyais des Sandrine partout, comme les femmes enceintes voient des femmes enceintes partout. Au sein de mon stage, toutes les patientes s'appelaient Sandrine ; en soirée, les filles s'appelaient Sandrine ; dans ma promo poussaient des Sandrine, elles sortaient de derrière les tableaux et les tables d'examens, le monde entier était truffé de Sandrine et, moi, je cherchais Sandrine à tous les coins de rue. Ma copine qui mangeait lentement me ramenait à la raison, m'expliquant avec calme que je ne pouvais pas tomber sur elle puisqu'elle était à Chengdu, et je lui répondais que ce n'était pas le propos, qu'il y avait une Sandrine et que c'était ça qui me rendait dingue, alors elle concluait : *Il va peut-être s'en lasser, tu t'es bien lassée de Thierry, toi.*

Je n'avais pas vu les choses sous cet angle, la faute à mon instinct ou à ma lassitude, ou à un désir inconscient d'en finir et de me libérer de cette histoire sans fin, mais cette phrase m'a fait du bien. Oui, Vincent pouvait se lasser de Sandrine ou la perdre de vue, et au milieu d'un milliard d'habitants, l'hypothèse tenait la route. Moi, je m'étais lassée de Thierry *grâce* à Vincent, alors peut-être fallait-il que je continue de me battre, mais je redoutais l'humiliation, je ne savais plus où me situer, et puis Vincent m'avait prévenue, alors je devais me taire, rester à ma place, attendre un dénouement, un rebondissement, une Sandrine qui n'existe pas. Je ne devais rien faire et je n'ai strictement rien fait.

40.

J'en suis là, j'en suis à « Cendrillon », la chanson de mes dix-sept ans exactement, la chanson de ses dix-huit ans exactement, la chanson de notre premier rapport sexuel. Je voudrais partir mais ne pars pas. Vincent voudrait partir mais ne part pas. Nous nous regardons parce que nous savons, nous nous regardons parce que *c'est con quand même*, nous nous regardons parce que nous venons de marier Avril et Nicolas, parce que nous ne sommes pas les témoins officiels mais les témoins officieux, parce que nous sommes finalement bien placés pour savoir que ce mariage est l'événement le plus fou de notre histoire à nous.

J'ai le sentiment, à l'instant même, que tous les regards sont dirigés vers nous, comme si nous étions le centre de l'attention alors qu'il ne s'agit pas de nous, que ça fait longtemps qu'il ne s'agit plus de nous. Glacés par le malaise, nous ne nous balançons plus. Tout autour, ça danse, ça chante, ça se trompe de paroles. Des bruits de couverts et d'assiettes s'invitent, des serveurs débarrassent tandis que d'autres rassemblent des coupes de champagne et la pièce montée sur un buffet. Des ampoules de toutes les couleurs éclairent le sol et nos chaussures.

Je quitte la scène, la scène me suffit, j'ai pris ce que j'avais à prendre, les souvenirs de Vincent, la main de Vincent. Je traverse le royaume des bougies à la recherche de mon frère, quand un monsieur interrompt ma course :

— Vous avez fait médecine ?

Je confirme, *je suis Emmanuelle*, je le dis fort et détale, tant pis pour l'impolitesse. Le monsieur recevra son cadeau, il aura ses dragées. Je bois mon champagne par petites gorgées, elles se succèdent et me piquent le nez. Parfois, elles coulent le long de mon menton, parce que je marche trop vite, parce que je bois trop vite ou peut-être parce que je bois trop.

Je cherche l'extérieur et je marche comme on imagine. Je prends avec moi le passé, les dessins, les photos d'avant. J'avance vers la suite de la soirée, et plus largement vers demain. Je trace ma route comme si Pablo m'attendait devant le domaine. Je perçois d'ici ses bras que personne ne remplace. Ceux de Vincent ont fait leur temps. Ils sont fous ces bras que l'on croit éternels ; combien de fois ai-je pensé qu'ils m'envelopperaient pour toujours ?

Aujourd'hui, j'existe contre un autre torse, j'y colle mon menton et j'oublie l'enfance. Le passé se dissipe à mesure des jours et des projets. Aujourd'hui, Pablo prend une place que je n'aurais jamais cédée il y a quelques années. Les années sont douées, elles reconfigurent nos amours. Alors je marche encore, alors je reconfigure, alors mes pieds foulent un terrain désormais familier. Longtemps, je me souviendrai de ce mariage comme de la transition qu'il me fallait.

Je trouve Chloé et Pierre, qui discutent et me semblent aussi beaux que le résultat de mes pensées.

— Ça va, Manu, tu as aimé « Cendrillon » ? questionne le témoin de ma sœur.

Je réponds que ce n'était pas un mauvais moment. Chloé trinque avec sa cigarette, satisfaite de son coup, et Pierre rigole. Ils se regardent et, dans ce regard, je devine qu'eux aussi ont hésité un jour. Je le devine sans le deviner, je l'ai su, nous avons tous su, toujours, ce qu'il se passait sur la placette, nous avons vu des amours se tisser et des sentiments s'exprimer par proximité et facilité, et les seuls que nous n'avons pas vu venir, c'était bien Avril et Nicolas.

Nous rions tous les trois, nerveusement pour ma part, *le mariage le plus éprouvant de ma vie, désolée d'avoir eu seize ans ce soir*, et tous les deux ajoutent que l'amour nous donne parfois l'impression de ne jamais grandir mais qu'il y a de grandes chances pour que ce soit l'inverse. On a toujours seize ans, on a toujours nos journaux intimes criants de vérité au fond du cœur, on a toujours nos premières amours en ligne de mire et la peur de vieillir. C'est aussi la peur de vieillir, et sans doute celle de l'avenir, qui nous ramènent à hier avec autant d'énergie.

Joël nous accoste le temps d'un cigarillo, me tape dans le dos, *ah Manu*. Je tape dans son dos, *ah Joël*. Nous profitons du calme extérieur pour discuter quelques minutes. Certains de mes cousins zonent à côté, certaines des amies d'Avril fument à l'écart, la soirée ne touche pas à sa fin mais presque. Du champagne nous attend, d'autres chansons nous attendent et d'autres souvenirs nous attendent peut-être.

Nous finissons par regagner l'intérieur.

— Place au madison ! vocifère DJ Rob' dans son micro.

Je me place à côté de ma sœur, prête à danser et à exécuter mes trois premiers pas. Sauf que Vincent surgit et se plante devant moi, comme inconscient. Il ne sait pas quoi faire, mais sait quoi dire :

— Ça me fait vraiment bizarre de te revoir.

41.

Sandrine a rapidement eu un visage. Au début du printemps, la plante a débarqué chez les Schneider. Ma sœur était également invitée à dîner chez sa belle-famille. Comme investie d'une mission, Avril a dévisagé Sandrine de l'entrée au café et m'a tout raconté ensuite. Une fille assez grande, plutôt fine, presque rousse. Rien n'était clair, c'était de l'à peu près. Pour me réconforter, Avril a ajouté que Sandrine n'était pas moi et que cette histoire ne ferait peut-être pas long feu, aussi qu'Anouk avait, par mégarde, appelé Sandrine de mon prénom plusieurs fois.

Mais puisque j'avais bien conscience de ne pas être Sandrine, et puis conscience d'un feu à l'agonie entre Vincent et moi, je partais du principe que les cartes étaient rebattues. J'avais vingt-cinq ans, Vincent vingt-six, nous larguions l'enfance à longueur de journée, de projets, de voyages à l'étranger, de bouteilles d'eau triturées dans des halls de gare ou d'aéroport, nous prenions des chemins différents, nous étions deux aimants qui s'opposent et manquent d'une force étrangère pour se retrouver. Cette force étrangère, c'était la vie, la placette ou l'évidence, mais la vie n'a rien d'évident, alors j'osais penser que Sandrine, peut-être, serait cette force étrangère, et qu'à force de moments avec elle Vincent rêverait de moments avec moi.

Un an de moments plus tard, Vincent ne rêvait pas de moi, Vincent ne m'appelait pas, Vincent menait sa barque à Chengdu. Avril et Nicolas m'ont appris que le couple envisageait de revenir en Europe, peut-être Bruxelles, peut-être Londres, peut-être Rome. C'était au choix, sans doute excitant, et j'ai enfin compris que Vincent avait la bougeotte. Jamais cela ne m'avait sauté aux yeux, jamais je n'avais analysé de près son départ pour Nantes, puis pour Berlin, puis pour la Chine, jamais je ne l'avais regardé comme un grand voyageur. Soudain, c'était flagrant : enfant, Vincent grimpait aux arbres, désormais adulte, il fuyait à l'horizontale. Il avait trouvé Sandrine, et Sandrine était certainement la même, sans grande attache, sans socle, sans rituel. Alors, à deux, ils s'apprêtaient à explorer le monde, à changer d'habitudes, de cafés, de supermarchés, de lits, de température, tandis que je restais à Paris, empêtrée dans une routine qui me convenait bien, déplorant du même coup mon incapacité à m'imaginer ailleurs. J'avais loupé quelque chose chez Vincent, j'aurais pu le suivre, me dépasser, l'accompagner dans sa quête, sa fugue, j'aurais pu coller à cette agitation, mais je n'avais pas été la bonne personne pour ça.

Je me suis faite à l'idée, étonnée d'en être capable. J'étais résignée, lancée vers d'autres lendemains, tant pis pour nous, tant pis pour cette histoire, vingt ans de relation et une rupture diffuse. J'ai rappelé Thierry parce qu'il me fallait une soupape, un refuge, une amourette locale qui occupe. Thierry m'a accueillie sans parlementer et sans rancune. Il voulait passer du bon temps. Avec lui, c'était sympa, jamais grandiose, mais l'amour est-il toujours grandiose ? J'étais d'accord pour la simplicité, d'accord pour les terrasses de Saint-Germain-des-Prés, d'accord pour que Thierry m'attende le soir à la sortie de l'hôpital, m'enlace et dépose un baiser sur mon front. J'étais d'accord avec tout, je prenais les choses comme elles venaient, pas de futur et pas de passé.

Un soir, j'ai reçu un message de Vincent. Je ne m'y attendais évidemment pas. Je savais notre histoire terminée, et puis j'avais aperçu Sandrine sur le perron de la maison Schneider. Il m'a avertie qu'il serait en France dans une poignée de jours. C'était une invitation *à boire un café près de Châtelet avant de descendre à Gré,* j'ai dit oui tout de suite, sans réfléchir, sans contorsionner mes méninges, avec l'espoir, il me semble, de le retrouver. Ce dernier espoir me narguait. Sandrine ne faisait peut-être plus partie de sa vie, qui sait si Alexandra et Avril n'avaient pas vu juste.

Deux semaines plus tard, le jour et l'heure venus, je me suis rendue à pied dans le quartier de Saint-Eustache, j'ai attendu près de l'église appuyée sur un parking à vélos, j'ai guetté le visage de Vincent que je n'avais pas vu depuis des mois. J'ai guetté des cheveux bruns, un pas vif, une dégaine tranquille, des mains dans les poches, et je l'ai vu surgir accompagné d'une fille assez grande, plutôt fine et totalement rousse.

J'ai pris sur moi, c'est fou cette façon que l'on a parfois de prendre sur soi. J'aurais pu sourciller, juste ça, juste sourciller, juste marquer ma stupéfaction, mais non, je me suis réjouie comme si un ami d'enfance me présentait sa nouvelle petite copine, et nous nous sommes dirigés tous les trois vers un café. Vincent ne parlait pas beaucoup. Sandrine s'en chargeait à sa place. Elle était assise en face de moi et remuait sa cuillère dans son café, sans grande énergie. Elle était douce et me questionnait sans m'envahir. Elle avait entendu dire que je faisais médecine et m'a confié qu'elle avait tenté une première année avant de comprendre qu'elle n'était pas câblée pour ça.

— Tu es courageuse, a-t-elle répété, et maintenant, tu es interne, c'est ça ?

Vincent défonçait le sous-bock sous sa bière sans le ménager et je me demandais pourquoi il m'avait fait ce coup-là. Espérait-il mon approbation, mes félicitations, avait-il besoin de me mettre Sandrine sous les yeux pour définitivement rompre avec moi ? Avait-il besoin de nous voir toutes les deux réunies pour opérer une transition entre aujourd'hui et demain ? Espérait-il récupérer un morceau de son cœur, ce dernier petit morceau que je gardais dans l'espoir de le cultiver à coups d'engrais ?

J'ignorais quelle était son intention. Sandrine aussi semblait l'ignorer. Mais elle en profitait pour faire connaissance, même si elle savait qui j'étais – chez les Schneider, on parlait de moi, a priori. Néanmoins, je voyais bien que je ne représentais aucune menace à ses yeux et que les questions qu'elle me posait étaient motivées par un simple désir de visiter le passé de Vincent pour mieux le connaître. Alors, j'ai donné, répondu, souri, déballé et, dans le doute, j'ai tout rendu. De ce café, finalement, ils sont repartis avec tout, je ne suis repartie avec rien.

42.

Ça me fait bizarre de te revoir. J'ai cette phrase en boucle dans la tête, et ce n'est pas mieux que *c'est con quand même.* À moins que si, peut-être. Dans tous les cas, j'ai foiré mon madison et je suis de nouveau assise à la table Jacinthe, avec Laurence qui est de passage. Elle occupe la chaise de Vincent et, pour une fois, ne parle pas, sans doute trop accaparée par la tendre image d'Avril et de Nicolas qui se tiennent près de la pièce montée, complices comme au premier jour. *Ça me fait bizarre de te revoir.*

Les mariés s'embrassent, Michel et mon père sablent le champagne qui coule à flots. Nous nous approchons tous en quête d'une nouvelle coupe. Sandrine est à mes côtés, déterminée à boire. Elle me sourit, me demande si j'ai bien dansé. Je ne relève pas, réponds que *oui, j'ai beaucoup transpiré.* Elle se retranche et rejoint *les deux.* Jean a entendu, Jean fait un pas vers moi, son regard est rompu et une avalanche de peine ruisselle à travers. C'est ce qu'il me dit, *j'ai de la peine.* De la peine, sans doute, pour ce temps qui passe, pour Vincent et moi qui dansions il y a quelques minutes, un peu gauches, toujours gauches, et pour son frère jumeau qui n'a pas de lave-vaisselle.

Moi aussi, j'ai de la peine, de la peine de constater que nous avons été et que nous ne sommes plus. Hier, nous avions dix ans et de la force dans les jambes, hier nous partagions des jeux et des rires, hier nous vivions ensemble. Nous nous voyions tous les jours, nous nous retrouvions quotidiennement, nous évoluions dans un cocon, une vie qui se limitait à la placette et aux glaces à la vanille. Je me permets un commentaire, avoue à Jean que ces *retrouvailles placette* chez Jérôme ne me font pas rêver. Il rétorque que lui non plus, et qu'avec un peu de chance, Jérôme ne nous tiendra pas au courant.

À l'ouïe de ces mots, Anouk nous aborde :

— Alors, vous êtes contents d'être réunis ?

Elle nous pose cette question comme elle me l'a posée concernant Vincent. Cette fois, je dis que oui, et c'est sincère. Anouk bifurque vers ses pots de confiture et de sauce tomate.

— Dès que je finis ma coupe, je file à la voiture, sinon je vais oublier de te les donner, Manu.

Jean calme sa mère, *pas d'urgence*, mais Anouk est comme ça, elle y tient. Nous finissons nos verres d'une traite, et je la suis jusqu'à sa voiture.

— Tu as bien dansé ? Moi, j'ai dansé avec ton cousin Fabrice, celui qui a fait médecine comme toi, me raconte Anouk.

Pendant qu'elle cherche ses clés, elle me détaille la recette de sa sauce tomate, *beaucoup de thym, j'espère que tu vas aimer.* Je la remercie avant même de récupérer mon cadeau. Elle ouvre son coffre, saisit plusieurs pots qu'elle me tend, se retrouve embêtée parce qu'elle n'a pas de sac, alors je me dirige vers ma voiture pour en récupérer un.

À quelques mètres de là, Vincent marche, tout seul, une coupe de champagne à la main. J'ignore ce qu'il fait là, même si je connais ses élans de solitude, son besoin régulier de se confronter à lui-même. Je fais quelques mètres pour l'approcher et le questionne :

— Est-ce que ça va ?

— Oui.

— C'est vrai ?

— Je t'assure. Et toi, qu'est-ce que tu fais ici ?

Je réponds que je suis avec sa mère. Les pots de sauce tomate, tout ça. Il décide de m'accompagner. Une fois le trafic terminé, Anouk ferme sa voiture, puis nous marchons tous les trois vers l'entrée du domaine. Nous y trouvons mon frère, toujours en train de fumer, qui contemple une poignée d'étoiles.

Pierre et Anouk finissent par nous abandonner. Pierre sait ma quête en cours, mon actualité passagère. *Qu'est-ce qui était con, Vincent ?* Puisque nous sommes tous les deux, je pose la question, je n'ai plus peur de rien, même pas d'un Joël ou d'une Sandrine susceptibles de nous interrompre. Il ne comprend pas, je repose la question, je suis chiante et déterminée, alors prescription ou pas, dis-moi ce qui est con, dis-moi ce que tu veux, ressens, dis-moi où tu en es, si Sandrine te rend heureux, si tes enfants te rendent heureux, si ton cadre te rend heureux, si tu vas déménager une énième fois, si tu aimes bien aller au boulot en voiture ou si le vélo te manque vraiment, dis-moi tout ça et je t'écouterai.

Vincent baisse les yeux. Il réfléchit. Son visage s'éclaire.

— Ah ? Tout à l'heure, sur le parking de la mairie ?

— Oui, exactement.

Mes jeunes cousins débarquent, pourquoi faut-il toujours que quelqu'un débarque quand j'approche du but ? Le petit Théo me demande si j'ai vu Pierre, j'indique que Pierre est à l'intérieur, et que, s'il n'est pas dans la salle, eh bien il fait sans doute pipi. Cette conversation inutile ne ralentit pas Vincent, qui, malgré un moment d'hésitation, poursuit :

— Je trouve ça con de se marier, pourquoi ?

43.

La vie a suivi son cours. Sandrine faisait partie du paysage, Thierry aussi. Vincent et moi étions à égalité, même si je me sentais la grande perdante de ce jeu foireux qu'est l'amour. Pour me rassurer, ma copine qui mangeait lentement ne cessait de me rappeler que les amours de jeunesse n'ont rien à voir avec la vie, ce à quoi je répondais par une question, *mais la vie a-t-elle à voir avec les amours de jeunesse ?*

En général, ça la scotchait, alors elle réfléchissait longuement et mâchait encore plus lentement, la soirée n'en finissait pas, mais je quittais toujours nos rendez-vous en forme, je ne lui enlèverai jamais ça. C'était long, parfois peu construit mais jamais dépourvu de conclusion. Dans le fond, elle m'aidait, et même si je ne comprenais le sens de ses remarques qu'une fois de retour chez moi, je me sentais mieux. Elle n'avait pas tort, l'enfance ne s'étire pas dans l'âge adulte, l'adolescence lui est accessible mais la vingtaine un peu moins, arrive un moment où nous sommes trop différents, nous grandissons et nous changeons, et la place de Vincent était là, dans l'enfance mais pas dans l'après, il ne fallait pas perturber le plan, la trajectoire, c'était comme ça, c'était fini, c'était désormais Sandrine, c'était désormais Thierry, et je m'en sortirais.

Avec Avril, nous continuions de profiter de la collocation, même si elle étudiait l'idée de s'installer avec Nicolas. Il venait de passer trois mois à Lille pour un stage et rentrerait prochainement à Paris, c'était le moment pour eux de faire toit commun sans moi. Nous saisissions les derniers instants, les dernières soirées, parfois à deux, parfois à trois, parfois à quatre avec Jean, aussi. Nos réunions se déroulaient désormais à Paris, bien plus que sur la placette.

Un soir de mai, environ quatre mois après mon entrevue avec Sandrine et Vincent à Châtelet, Nicolas a appelé Avril pour lui raconter sa semaine. C'était son truc, faire des bilans le vendredi, comme si ses journées n'étaient pas assez palpitantes pour être contées une à une. Avril et moi étions en train de cuisiner des croque-monsieur. Nous buvions des bières en bouteille à la table de notre cuisine tout en commentant les allées et venues de notre poisson rouge. C'était une soirée ordinaire, partie pour être ordinaire, et puis il y a eu ce coup de fil donc, il y a eu le bilan de semaine, j'écoutais de loin, ma sœur s'est éclipsée, elle avait l'air étonné, elle poussait des cris de joie qu'elle essayait malgré tout de contenir. J'ai compris qu'il se passait quelque chose, quelque chose de bien, mais quoi, je l'ignorais. Quand elle a raccroché, elle m'a rejointe dans la cuisine, a attrapé sa bouteille de bière, a cherché ses mots trois secondes, et puis m'a dit, embarrassée :

— Vincent va être papa.

44.

Con de se marier. Vincent trouve ça con de se marier. Je ne réponds rien. Je ne suis pas déçue, pas soulagée, même pas surprise à vrai dire. Vincent me propose d'aller marcher, alors nous longeons le ruisseau qui entoure le domaine. Il murmure que je lui ai manqué, que je lui manque et lui manquerai certainement toujours. Je prends ses mots, lui confie que je ressens sans doute la même chose, qu'il est difficile de questionner tout ça. Que savons-nous réellement de nos sentiments ? Le temps les écrase-t-il et les flanque-t-il dans d'autres destins, dans d'autres cadres photos, sur d'autres murs ? Comment l'amour peut-il paraître si réel puis s'évaporer ? Où passe la réalité en dix ans ?

Il me parle alors de sa réalité, il revient sur Nantes, un peu sur son ami Barnabé mais sans le nommer. Je crois simplement reconnaître le garçon du café aux tables rouges et je pense aux jaunes d'œufs que Vincent séparait des blancs quand nous confectionnions *notre* gâteau dans sa chambre d'étudiant. Je pense à tout ce que l'on saisit mais sépare, je pense à mes études qui ont pris le pas sur mon histoire d'amour, je pense à mon égoïsme et puis au sien, à l'impossibilité de faire sans, au besoin de vivre pour soi tout en rêvant de vivre avec l'autre. Il me dit que nous avons vécu quelque chose de joli et que c'était vrai. Ça me fait plaisir de l'entendre. Je n'en doutais pas mais j'en doutais souvent. Je pense à toutes ces heures qui nous ont éloignés, aux matins de la rue Poissonnière, à cet espoir que j'entretenais comme s'il allait s'exécuter, à la présence de Nicolas qui me paraissait trop grosse pour être vraie. Comment les benjamins se sont-ils débrouillés ? J'ai tellement questionné mes manquements, tellement rêvé, les yeux fermés, à nos retrouvailles avec Vincent. Combien de fois ai-je accusé la vie de ne pas aller au bout de ses projets ? Comment avait-elle pu me servir une si belle histoire, un début si prometteur, sans avoir la conviction de développer ? Je voudrais lui dire tout ça, lui partager les questions sans réponse, et puis lui demander s'il les connaît. Je sais pertinemment que non. Je sais que nous vivons avec les mêmes points d'interrogation, et je sais que ces points d'interrogation ne minaudent pas et ne s'imposent que par principe. Alors je laisse Vincent poursuivre.

Il ajoute que dans sa réalité, il y a aussi Berlin et quatre-vingt millions d'Allemands, ma présence dans tout ce bordel et le manque de moi certains soirs. Il y a aussi des regrets et l'impression que la vie choisit parfois à notre place.

— Sommes-nous responsables ? me demande-t-il.

Je n'ai toujours pas la réponse et je ne la cherche pas. Nous le sommes forcément un peu, mais les amours de jeunesse n'ont-elles pas vocation à squatter une Renault 19, seulement une Renault 19 ? Que diraient la grabataire Picasso de mon père et le Berlingo de ses parents ? Que j'ai vieilli, que Vincent a vieilli, que nous sommes devenus les personnes que nous devions devenir et que ces grandes personnes n'ont plus grand-chose à voir.

Dans sa réalité, il y a l'Asie et Sandrine. Il y a la femme de sa vie. Et il a eu raison : passer à côté d'elle, ça aurait été dommage. Il me répond que l'on passe forcément à côté de quelque chose ou de quelqu'un. Je suis alors ce quelqu'un, mais ce quelqu'un pense intimement que c'est mieux comme ça. Qu'aurions-nous donné ? De beau ou de moins beau ? Nous avons donné de l'enfance, de l'adolescence, nous avons abordé la vie ensemble, main dans la main ou presque, nous avons vécu ensemble nos premiers frissons, nos premiers émois, nous avons pris des trains pour nous retrouver. Vincent est mon premier train, mon premier élan, ma première façon d'être adulte.

— Tu te souviens du *doucemé* ? que je demande, parce que rien d'autre ne me vient.

— Oui, évidemment… Attends, je crois qu'il te manque une boucle d'oreille.

Et il me tend la boucle qu'il a oublié de me rendre.

45.

Vincent papa, c'était fait. Nous en avons longuement parlé avec Avril, conscientes qu'une page se tournait. Peu à peu, je me suis investie dans ma relation avec Thierry ; c'était plus facile que de reconnaître que je ne guérissais pas de Vincent. Avril et Nicolas ont trouvé un appartement. J'ai rejoint celui de Thierry un temps. Je vivais chez lui, à Montmartre, c'était petit mais agréable. Il avait quitté le nid familial.

Vincent était loin derrière, et Paris avait changé. Certains soirs, j'aurais parié que la ville brillait un peu moins. Mais peu importait. Je menais mon bout d'existence. Je bossais jour et nuit pour obtenir ma spécialité en gynécologie obstétrique. Tant pis pour les projections, tant pis pour Emmanuelle Schneider. Tant pis, j'avais donné, j'avais vécu, j'avais un amoureux d'enfance comme on n'en a pas des milliers, j'avais de la chance, une belle histoire derrière moi et, avec moi, des souvenirs sur vingt ans qui ne manqueraient pas de me rattraper.

Je rêvais souvent de Vincent. C'était, en quelque sorte, la seule chose qu'il me restait. Je ne commandais pas ces rêves, ne pensais pas toujours à lui avant de m'endormir. Vincent surgissait comme ça, sans prévenir. Il débarquait dans mes nuits, nous pédalions dans les bois et nous grimpions aux arbres. Quelquefois, dans ces rêves, Vincent abdiquait. D'autres fois, il m'aimait et me retrouvait. Au réveil, j'étais troublée et mal en point, la gueule de bois persistait une heure, deux heures, ou la journée, mais toujours la vie revenait, reprenait ses droits, les trajets en métro, le boulot à accomplir, Thierry dans un restaurant.

Je descendais de moins en moins à Gré. Ma nouvelle vie était parisienne. Lorsque j'étais de passage, c'était avec Avril et Nicolas, qui avaient pris la décision d'y séjourner le week-end pour *faire le tour des popotes*. Les parents et les voisins les accueillaient d'un *salut les amoureux !* qui n'en finissait pas de me décontenancer. Malgré moi, je sursautais, prête à lever les yeux, à sortir mon plus grand sourire, à rougir d'être désignée. Discrètement, je m'effondrais : je n'étais plus l'amoureuse du couple d'amoureux.

À Gré, il m'arrivait d'apercevoir Vincent. C'était rare ; lui aussi rentrait de moins en moins. Quand nous nous croisions, toujours par hasard, nous nous regardions à peine. Parfois, j'apprenais sa présence le jour de mon départ. Finalement, il était facile de s'éviter quand il fallait s'éviter, à croire que la placette n'avait pas tant entretenu nos sentiments ; nous les avions entretenus sans elle.

Cette année-là, le 11 mai précisément, j'ai rêvé de Vincent. Le lendemain, un séisme touchait la province de Sichuan. Je me souviens du réveil et des informations – là-bas, on était en pleine après-midi. Je savais que Vincent n'avait pas encore quitté l'Asie. J'ai tremblé de tout mon corps – sur l'échelle de Richter, je battais un record. C'est un message de Nicolas qui m'a rassurée tandis que je cherchais quoi faire et qui appeler. *Vincent va bien, à ce soir. Nico.*

Je recevais des nouvelles de Vincent sans Vincent. On me parlait de lui, comme souvent, mais on me parlait de lui autrement. On me rappelait son existence, on me certifiait que *tout va bien.* Ironie du sort, on était le 12 mai, et je me demandais égoïstement si cette date pouvait me ramener mon amoureux. Après tout, chez les Dijon, le *doucemé* était une réussite. Cette date ne m'a rien ramené du tout.

J'ai passé de nombreuses soirées dans le nouvel appartement d'Avril et de Nicolas. J'ai écouté Avril me raconter la vie de Vincent. J'ai écouté Avril me rapporter les mots de Vincent. *Vincent m'a demandé comment tu allais, Vincent m'a parlé de toi, Vincent voulait savoir si tu aimais ton boulot.* J'ai fait avec tout ça, et avec Avril qui ajoutait que son regard était troublé, et que, toujours, il avait *un drôle d'air.* Avril aimait également prononcer mon prénom lors des grandes réunions familiales pour ensuite observer le visage de Vincent et provoquer ce *drôle d'air.* Elle me confiait ses exploits avec du vice dans la voix et beaucoup de fierté :

— J'ai dit que le pull que je portais était à *Manu,* et qu'on s'est fait un ciné avec *Manu.*

Et puis, j'ai fait avec le regard d'Anouk, dont émanait aussi un *drôle d'air.* J'ai fait avec les Noël que l'on ne choisit pas et les signes de tête sur la placette. J'ai fait avec les mots de Nicolas, qui, précautionneux, me relatait un week-end en famille en évitant le prénom de Sandrine. J'ai fait avec le prénom qu'on ne prononce pas, et puis le prénom qu'on prononce de plus en plus parce que du temps est passé. J'ai fait avec mes parents qui me contaient les cafés chez les voisins. J'ai fait avec les photos que je n'aurais pas dû voir mais que j'ai vues, parce que les photos s'accrochent sur les frigos et se partagent. J'ai fait avec la plus grosse coïncidence de ma vie, avec ces nouveaux voisins qui, un jour de 1989, ont posé leurs valises à Gré. J'ai fait avec les *pourquoi eux ?* et la culpabilité de le penser face à Avril. J'ai fait avec un amoureux d'enfance impossible à oublier, impossible à retrouver.

J'ai fait avec la placette blanchie par l'hiver, le sapin mort, et l'impression d'avoir été flouée ; sur la placette et dans mes souvenirs, nous étions toujours en été.

J'ai fait avec Thierry, puis avec d'autres corps, d'autres décors. J'ai fait avec les Vincent que l'on croise et que l'on aime un peu pour conserver un morceau de soi.

J'ai fait avec tout ça, et j'ai adoré écouter Avril. Longtemps, j'ai eu hâte de la rejoindre pour qu'elle me raconte. J'entendais Vincent, j'apprenais Vincent, et je savais combien Vincent pensait à moi. Ça me faisait du bien de le savoir. Il n'oubliait pas. Je n'oubliais pas. Nous vivrions avec ça. Nous vivons avec ça.

46.

Nous sommes à cent mètres de l'entrée du domaine, pas plus, pas moins. Je fais des calculs sans en faire. Vincent, lui, se tait. Il regarde ses pieds, et puis mon visage, et puis ses pieds, et puis mon oreille toujours sans boucle. Je vois ses cheveux bruns, et puis ses yeux, et puis ses cheveux bruns, et puis ses yeux. Il me donne le vertige.

— Tu me fais tourner la tête, là. À moins que ce ne soit le champagne.

Il ne répond rien. Il est enfermé dans ce silence que je connais, qui souvent précédait les baisers. Je songe que c'est étrange, que je ne sais plus rien de lui mais tout de lui, comme si l'enfance nous accordait ce privilège. Alors comment veut-il que je ne reconnaisse pas ce silence ? Un frisson me parcourt le corps et je me demande pourquoi il me tétanise autant. Je vois bien que Vincent se pose la même question, il cherche à baptiser le trouble qui l'habite, alors il essaie de le baptiser à ma bouche, il approche ses lèvres des miennes. Je me recale en pensées sur le tronc d'arbre de mon adolescence, et je recule. Je pense à Pablo, à cet amour présent bien plus réel que mon amour de jeunesse, à ce sursaut de réalité qui m'écarte de Vincent et me laisse entendre que mes sentiments actuels ont tout d'un slip jaune anis ; il suffit de regarder la vie dans les yeux pour retrouver sa place et l'estimer bonne.

Bien sûr, lorsque j'ai rencontré Pablo, j'ai pensé à Vincent. À chaque nouvelle rencontre, j'ai pensé à Vincent. Chaque fois que j'ai envisagé une suite, une histoire que l'on déroule, Vincent a de nouveau existé, comme s'il me fallait bien réfléchir avant de fermer la porte derrière moi, des fois qu'un demi-tour me démange. J'oubliais qu'une porte se défonce.

Avec Pablo, je n'ai jamais envisagé ce demi-tour. Ma copine qui mangeait lentement se demandait si tous mes élans envers Pablo n'étaient pas liés à l'indisponibilité de Vincent, ou si, à l'inverse, Pablo avait su reléguer, par on ne sait quel moyen, Vincent au rang de mon passé. Et puis, un jour, elle a rencontré Pablo, c'était au café Saint-Victor dans le cinquième arrondissement, nous avons bu un verre tous les trois, et en repartant de là, elle m'a écrit que *tous les mecs que tu as connus étaient Vincent en mieux ou Vincent en moins bien, et on dirait que, cette fois, Pablo est Pablo.*

C'était la plus belle déclaration d'amour que je n'avais jamais lue, et il avait fallu que ce soit elle, Alexandra, qui me la souffle. Ce jour-là, j'ai fermé cent fois le verrou sur hier et compris que l'enfance se diluait. Ça faisait un bout de temps qu'elle fondait sous mes yeux mais que mes yeux n'en voyaient rien. Soudain, Vincent nageait dans une histoire qui ne débordait plus dans l'aujourd'hui. Je revisitais ma notion du temps, avec une conscience presque trop aiguë du présent : le présent me piquait les jambes et je marchais sur un trottoir brûlant au centre de la Terre. J'entendais les aiguilles de ma montre et devinais l'heure qu'il était sans même la regarder. Je me savais en juillet et en pleine rue à Paris. Je comprenais que, si nous tombons amoureux en moyenne quatre fois dans une vie, j'étais tombée amoureuse de Vincent trois fois et que je faisais face à la quatrième. Je n'étais plus amoureuse de Vincent ou simplement du Vincent de mes quinze ans.

Ce n'est pas le Vincent de mes quinze ans qui accroche mon regard à l'instant même. Je ne reconnais pas ses cheveux bruns, tout fous. Je ne reconnais pas son odeur. Son odeur a changé, il sent une autre femme mais surtout une autre vie. D'ici, ça me saute au nez, tandis qu'il continue de me dévisager, un peu surpris de ma réaction sans l'être vraiment. Ce n'est pas la première fois que je recule mais c'est sans doute la dernière.

Nous restons prostrés un instant, silencieux, englués, presque incapables de quitter nos souvenirs ranimés. Finalement, nos pas se décident, lui d'abord, ou peut-être moi. Nous nous engageons en direction du domaine. Le bruit de nos chaussures dans les graviers me donne le sentiment de revenir d'un long périple. Le périple a bien duré trente ans.

Je suis à côté de Chloé ; Vincent, lui, se tient à côté de mon frère. Il est un peu mal à l'aise, un peu perdu. Je le fixe pour attraper son regard, comme souvent il le faisait – *Paris, Paris, Paris.* Je voudrais le remercier mais j'hésite. Il croise enfin mes yeux, je me concentre très fort en espérant qu'il lise dans mes pensées, et je lui confie qu'il y a un temps pour tout, un temps pour l'enfance, un temps pour l'adolescence, un temps pour aujourd'hui. Un temps pour t'aimer, un temps pour marier Avril. Alors Avril apparaît, reliée à mes rêveries, et j'en conclus que, si elle m'a entendue, Vincent aussi.

Avril est belle, et, derrière elle, les jumeaux ainsi que Nicolas débarquent, une bouteille à la main. Le jeune marié fait sauter le bouchon et s'écrit :

— Aux Schneider et aux Dijon, les gars !

Je pars dans un fou rire, le même que dans les toilettes de La Truchère, parce que tout va bien, Vincent, parce que c'est con quand même mais peut-être pas tant que ça, et parce que la vie, quand on y pense, c'est plus pétillant que le champagne.

Épilogue

10 octobre 2020

Hello Romain, c'est Caro (Michel, fenêtre). J'espère que tout va bien pour toi et pour vous. Je t'écris car je me suis lancée dans un roman. Ça parle de nous, de la placette, de Fanny et de Nico. Je voulais te « prévenir », te dire que je me suis appuyée sur notre passé et que j'ai fictionné le reste. Il y a longtemps que j'y pense. Je ne te demande pas l'autorisation de démarcher des éditeurs, mais un peu quand même. J'ignore si ce roman sera publié un jour, mais puisque tu es le personnage principal, il me semble normal de te contacter. Veux-tu lire ? Je changerai sans doute ton prénom. Quant à ton identité romanesque, tu es un Schneider, et tu es né à Strasbourg. Je te tiendrai au courant, et j'espère que tu trouveras cette histoire jolie. J'ai aimé écrire tout ça.

Caro(line)

Ce livre existe grâce au travail de toute une équipe.

Communication : Caroline Babulle, Sandrine Perrier-Replein, Typhaine Maison, Adélaïde Yvert.

Coordination éditoriale et administrative : Céline Poiteaux, Martine Rivierre.

Studio : Pascaline Bressan, Barbara Cassouto-Lhenry, Joël Renaudat.

Fabrication : Muriel Le Ménez, Céline Ducournau, Bernadette Cristini, Phousa Chantharath, Isabelle Goulhot, Émilic Lapan (Canada).

Correction : Emmanuelle Coppeaux, Valérie Gautheron.

Commercial, relation libraires et marketing : Laetitia Beauvillain, Alexandra Profizi, Élise Iwasinta, Morgane Rissel, Aurélie Scart, Clément Vekeman.

Cessions de droits : Isabelle Votier, Benita Edzard, Lucile Besse, Sonia Guerreiro.

Gestion : Sophie Veisseyre, Chloé Hocquet, Isabelle Déxès, Camille Douin.

Services auteurs : Viviane Ouadenni, Jean-François Rechtman, Catherine Reimbold.

Ressources humaines : Mylène Bourreau.

Juridique : Laëtitia Doré, Anaïs Rebouh, Valérie Robe, Jean-Benoît Vassogne, Julia Crosnier.

Diffusion : Aurélia Spalacci (directrice des ventes), Nadine Eugénie, Céline Pitt, Arnaud Weill, Hervé Adamczyk, Annie Bourgade, Éric Charpentier, Gilles Couillard, Sandrine Ducrocq, Élisabeth Ehlinger, Guillaume Loras, Jean-Philippe Pilloux, Philippe Maulnier, Gilles Torché, Élisabeth Gastaldo, Jean-Pierre Stephany (Belgique), Olivier Béguin (Suisse), Jean Bouchard et Marie-Ève Provost (Canada), Emmanuelle Cadot, Virginie Godet et Caroline Pan.

Ainsi qu'à toutes les équipes d'Interforum et d'Editis qui participent à la création, la diffusion et la distribution de ce livre.

Canoros Vehit Canentes

Imprimé en France par CPI
en février 2022

Composition réalisée par PCA/CMB Graphic

MIXTE
Papier issu de
sources responsables
FSC® C003309
FSC
www.fsc.org

L'éditeur de cet ouvrage s'engage dans une démarche
de certification FSC® qui contribue à la préservation
des forêts pour les générations futures.

Pour en savoir plus :
www.editis.com/engagement-rse/

Dépôt légal : mars 2022
N° d'édition : 63592/01 – N° d'impression : 3047235